Christina Burger

Wie mir mein Hund den Sternenhimmel schenkte

Erlebnisse auf dem Jakobsweg

Impressum:

© 2025 Christina Burger

E-Mail: christinaburger@gmx.net

Illustrationen:Karin Kalt

Verlag: BoD · Books on Demand GmbH,

In de Tarpen 42, 22848 Norderstedt,

bod@bod.de

Druck: Libri Plureos GmbH,

Friedensallee 273, 22763 Hamburg

ISBN: 978-3-8423-5836-2

Die Kapitel und ihre Geschichten:

01   Die Pilgerseele

Wenn dein Boot,

seit langem im Hafen vor Anker,

dir den Anschein einer Behausung erweckt,

wenn dein Boot

Wurzeln zu schlagen beginnt

in der Unbeweglichkeit des Kais:

Such das Weite.

Um jeden Preis müssen

die reiselustige Seele deines Bootes

und deine Pilgerseele

bewahrt bleiben.[1]

Das Gedicht war mir förmlich entgegengesprungen. Es kam wie ein Apell und traf mich ins Herz. Seit längerem hatte ich es mir gemütlich eingerichtet. Ich liebte meine Arbeit und es wäre ein leichtes gewesen, die wenigen Jahre bis zur Pensionierung im gewohnten Hafen zu verbringen. Aber es gab eben auch einen reiselustigen Teil

---

[1] Helder, Camara: Mach aus mir einen Regenbogen, Zürich 1981

in mir, der noch etwas erleben wollte und zum Aufbruch rief. Zuerst leise und dann immer lauter bis ich es nicht mehr überhören konnte. Gegen jede äussere Vernunft kündigte ich meine Stelle. Im Nachhinein klingt es einfach und ich erhalte Briefe, in denen mir andere zu meinem Mut gratulieren. Aber es war ein langer Prozess und es benötigte mehrere Anläufe, bis ich wirklich die Kündigung aussprechen konnte. Es war sinnlos, im Vorfeld nach einem Job zu suchen. Natürlich hatte ich trotzdem Ausschau gehalten. Aber ich war noch nicht frei und fand darum nichts, was mich wirklich ansprach.

In eine volle Tasse kann man keinen neuen Tee eingiessen, heisst es im Zen. Um wirklich neu zu beginnen, müssen wir erst unsere Tasse leeren. Und die Leere auch wirklich zulassen, so wie ein Acker, der nach reicher Fruchtfolge eine Zeit lang brach liegen muss, bevor Neues darauf gedeiht.

«Schön, dass du dir das leisten kannst», hat eine Freundin meinen Entschluss kommentiert und ich spürte, dass es eine Seite in ihr gibt, die das auch gerne machen würde.

2

Ich weiss um das Geschenk meines Mannes, der seine Arbeit aufstocken kann, damit wir finanziell über die Runden kommen. Dennoch werden wir nun den Gürtel etwas enger schnallen müssen. Alles hat seinen Preis. Umsonst ist kein Übergang zu haben. Aber fürs Weitermachen im Gewohnten zahlen wir auch. Die schwierigsten Hürden liegen oft nicht in den äusseren Umständen. Meist ist der Spielraum grösser als wir denken. Die schwierigsten Hürden sind im eigenen Inneren. Beispielsweise die Kritikerin in mir, die lautstark verkündet, dass ich mich gefälligst zusammenreissen soll. Dass man eine gute Stelle nicht einfach wegwirft für irgendwelche Freiheitsgespinste. Ob ich dabei mal ans Alter gedacht habe? Wenn ich jetzt nichts für meine Altersvorsorge tue, werde ich es finanziell schwer haben. Einfach nichts tun geht doch nicht.

Es hat mich viel gekostet, diese Stimmen in mir zu besänftigen und jener Gehör zu schenken, die ganz leise immer wieder gerufen hat: es wird mir zu viel. Ich brauche Luft. Und ich sehne mich nach Lebendigkeit.

Wohin mich diese Sehnsucht führt, vermag ich nicht zu sagen. Noch nicht. Aber ich mache mein Boot mal seetüchtig, es hat lange im Hafen gelegen. «Man muss nur den nächsten Schritt tun. Mehr als den nächsten Schritt kann man überhaupt nicht tun», schreibt der Schriftsteller Martin Walser und mahnt, dass es auch gefährlich ist, im Leben zu wenig riskieren zu wollen. Das tröstet mich, auch wenn die Knie dabei zittern. Für Walser ist Mut aber etwas, das erst entsteht, wenn wir einmal losgegangen sind, also wenn der erste Schritt gemacht ist, der fällig war. Danach gewinnt das Ganze an Fahrt oder wie Walser es ausdrückt: «Dem Gehenden schiebt sich der Weg unter die Füsse.»[2]

So packe ich den Rucksack und ziehe meine Wanderschuhe an. Ich hoffe, dass sich im Gehen des Jakobsweges mir auch ein Stück meines neuen Lebensweges zeigt.

---

[2] Walser, Martin: Lektüre zwischen den Jahren. Frankfurt 1992.

02   Pilgersegen

Am 27. Juli 2024 steige ich zusammen mit Daniel und der vierjährigen Hündin Neva in den Zug nach Hendaye, an die französisch-spanische Grenze. Auf dem Camino del Norte möchten wir gehen, dem spanischen Küstenweg von Irun bis Santiago de Compostela. Daniel hat acht Wochen Zeit. Und ich bin jetzt frei und kann laufen so lange ich will. Loslaufen ohne Zeitdruck. «Ich muss auch gar nicht in Santiago ankommen», erzählte ich im Vorfeld. Und das stimmt. Denn es ist nicht das Ziel, das mich reizt, sondern das Laufen. Im Gehen will ich Altes loslassen, damit sich etwas Neues unter meine Füsse schieben kann.

Genau einen Tag nach der Eröffnung der olympischen Sommerspiele in Paris kommen wir in der französischen Hauptstadt an. Obwohl wir in Paris nur umsteigen möchten, werden wir von den Freiwilligen der olympischen Spiele herzlich begrüsst und willkommen geheissen. Wir geniessen es, machen uns aber gleich zu Fuss auf den Weg zum Gare Montparnasse. Wir befürchten, dass die ein oder andere Strasse im Olympiahype noch gesperrt sein könnte. Doch es ist erstaunlich ruhig. Die Strassen sind fast leer, der Verkehr wurde umgeleitet. Aus der Ferne sehe ich den Eiffelturm, der gestern Abend am Fernseher zuhause noch in allen Farben geleuchtet hat. Und nun sind wir hier. Der Rucksack auf dem Rücken fühlt sich noch ungewohnt und schwer an. Schon bereue ich, dass ich so viel mitgenommen habe. Zuhause beim Packen war immer die Angst, dass dieses oder jenes uns vielleicht fehlen würde. Ich kenne das schon und ahne, dass es auch in diesem Jahr irgendwann eine Rücksendung nach Hause geben wird mit all den Dingen, die mir so unentbehrlich erschienen. Im Grunde kommt man mit ganz Wenigem aus. Doch das muss ich jedes Mal erst wieder aufs Neue lernen. Es regnet und ich will so schnell wie möglich zum nächsten Bahnhof. Bloss den Zug nicht verpassen. Für ein Gespräch verspüre ich gerade wenig Muse. Doch der alte Herr mit seinem abgetragenen Trenchcoat und dem albernen Sonnenhut lässt nicht locker. Er sieht den Hund und spricht uns an.

«Caniche?», fragt er. Pudel? «Nein, ein Barbet,» antworte ich und bin erstaunt, dass er nickt und die Rasse kennt. «Chienne? Femelle?»- «Ja, eine Hündin», sage ich kurz angebunden und will weiter. Aber er lässt nicht locker. Er deutet auf die Muschel an meinem Rucksack und sieht, dass wir Pilger sind. Vehement nimmt er mich am Arm und deutet nach rechts. Wir seien falsch, der französiche Jakobsweg verlaufe weiter hinten an der Kathedrale Notre Dame. Aber da wollen wir ja gar nicht hin. «Wir möchten zum Bahnhof,» sage ich in schlechtem Französisch. «Wir fahren nach Spanien». Doch der gute Mann lässt nicht locker und fragt nach, woher wir kommen. Als er erfährt, dass wir Schweizer sind, strahlt er über das ganze Gesicht.

«Ich komme auch aus der Schweiz», gibt er nun auf Deutsch zur Antwort. «Meine Vorfahren stammen aus dem Aargau». Bald stellt sich heraus, dass er nur wenige Kilometer von unserem Wohnort aufgewachsen ist. Jetzt bin ich doch ein wenig baff. Mitten an einer Strassenkreuzung in Paris treffen wir auf einen Mann, der einmal im Nachbarort gewohnt hat. Stolz erzählt er, dass seine deutschen Vorfahren im 16. Jahrhundert in die Schweiz ausgewandert seien. «Nette Begegnung», denke ich, «aber jetzt müssen wir weiter.» Ich nicke ihm zu und gehe mit Neva schnell über die Kreuzung, wo die Fussgängerampel endlich auf grün steht. Der alte Mann ruft mir etwas hinterher, aber ich verstehe ihn nicht mehr. Daniel bleibt einen Moment länger stehen und kommt dann nach. «Was wollte er noch?», frage ich, als er mich wieder einholt.

«Que Dieu vous bénisse! Er hat uns gesegnet.» Jetzt bin ich beschämt. Insgeheim hatte ich mir vor der Reise einen Segen gewünscht, was sich aber nicht einfach ergeben hatte. Und nun bekomme ich ihn mitten auf der Strasse von einem älteren Herrn mit abgetragenem Mantel und hätte ihn beinahe verpasst. Das erinnert an eine alte Geschichte, die man sich im Judentum und auch im Christentum erzählt. Sie handelt von einem Propheten, der nach einer langen Wanderschaft am Berg Horeb in einer dunklen Höhle Schutz sucht. Gerade hat er eine gewaltige Sinnkrise durchlebt. Jetzt hofft er, dass Gott sich ihm zeigen würde. Und tatsächlich geschieht es. Allerdings ganz anders, als der übereifrige Prophet es sich vorgestellt hatte. Gott kommt, aber nicht in machtvollen Demonstrationen, sondern auf eine ganz leise und feine Art. Weder im Sturm, noch im gewaltigen Erdbeben noch in der Feuersbrunst. All das zieht zwar an der Höhle des Propheten vorbei, doch Gott – so erzählt die Geschichte- kommt unerwartet anders: in einem sanften Säuseln.[3]

So ähnlich war es jetzt auch. Unerwartet inmitten einer Grossstadt haben wir von einem Unbekannten im Vorübergehen unseren Pilgersegen empfangen. Und vor lauter Geschäftigkeit hätte ich es fast verpasst. Wie gut, dass Daniel stehen geblieben war.

Den Zug erreichen wir locker. Tatsächlich mussten wir wegen einer Gleissperrung noch über eine Stunde lang am Bahnhof warten. Erst nach Mitternacht kommen wir im französischen Hendaye an und überqueren zu Fuss die Grenze nach Irun/ Spanien. Dort hat Daniel eine Wohnung gebucht, in der die Verwalterin seit 22.00 Uhr auf uns gewartet hat. Mittlerweile war es 1 Uhr am Morgen, dennoch liess die Frau sich ihre Mühe nicht anmerken. Freundlich und zuvorkommend empfängt sie uns, froh dass sie endlich nach Hause gehen kann. Ich bin ihr sehr dankbar und falle erschöpft ins Bett. Ein langer Reisetag liegt hinter uns. Plötzlich schrecke ich

---

[3] Bibel, 1 Könige 19, 4-16.

hoch und alles vibriert. Es dauert einen Moment, bis ich verstehe, dass die Wohnung direkt an einem Güterbahnhof liegt und die Züge auch nachts rangieren.

Am Morgen bin ich unausgeschlafen, müde und antriebslos und froh, dass wir heute noch nicht lospilgern. Die letzten Wochen zuhause waren sehr anstrengend gewesen. Meine Vorfreude aufs Pilgern ist auf einmal wie weggeblasen. Stattdessen nisten sich Bedenken und Zweifel in mir ein. Schaff ich das überhaupt? Bin ich fit genug? Nicht einmal das Meer reizt mich heute. Ich habe überhaupt keine Lust fünf Kilometer zu laufen, um den Strand zu sehen. Obwohl es laut ist, möchte ich am liebsten nur in der Wohnung rumhängen. Blödes Pilgern! Der Rucksack ist viel zu schwer. Das Wetter viel zu warm. Und ich viel zu unbeweglich. Was will ich hier überhaupt?

Wehmut überkommt mich. Ich trauere meiner Arbeit nach, vor allem den Menschen, mit denen ich zu tun hatte. Dann hänge ich am Handy rum. Das fängt ja gut an. Weil der Hund raus muss, verlasse ich dann doch die Wohnung. Gar nicht so einfach, in einer Stadt ein grünes

Plätzchen zu finden, wo ein Hund vom Land sich versäubern kann. Wir finden einen Park, in dem Hunde erlaubt sind. Dort setze ich mich mit Daniel auf die Bank und wir reden über die bevorstehende Route. Die erste Etappe gibt zu denken, denn der Weg führt über den Bergzug des Jaizkibel mit einer Höhendifferenz von 770 Metern. Der Reiseführer verspricht eine mühsame, felsige Strecke jedoch mit spektakulärer Aussicht auf das Meer. 16 Kilometer sind zu bewältigen bis zur ersten Übernachtungsmöglichkeit. Abkürzen geht nicht, weil es zwischendrin kein Wasser gibt. Man muss die Etappe so durchziehen und das am ersten Tag. Schon sind die Zweifel wieder da: das schaffe ich nicht! Selbst Daniel hat Bedenken, zumal es laut Wetterbericht in den nächsten beiden Tagen sehr heiss werden wird. «Mein Gott», denke ich «wieso in aller Welt wollte ich ausgerechnet pilgern? Genauso gut hätten wir einfach ein Ferienhäuschen mieten und die Zeit mit ein paar schönen Büchern verbringen können. Der Pilgerblues erwischt mich eiskalt. Daniel spürt es und schlägt vor, den berüchtigten Jaizkibel auszulassen, mit dem Regionalzug nach Pasaia zu fahren und einfach dort zu beginnen. Das kratzt an meinem Ehrgeiz. Es kommt mir etwas quer, schon am ersten Tag den Weg abkürzen zu wollen. Aber ich muss zugeben, dass mich eine solche Strecke am ersten Tag überfordern würde. «Du musst dir doch nichts beweisen. Du bist einfach nur hier, um abzuschalten und loszulassen», sagt eine freundliche innere Stimme und ich willige ein. So beginnt unser Pilgern mit dem Eingeständnis von Grenzen und der Demut, die Dinge einfach so zu nehmen, wie sie sind.

03   San Sebastián

Wir fahren also mit dem Zug nach Pasaia. Wenn auch zwei Stunden später als wir vorgehabt hatten. Denn Daniel vergass den Wanderstock in der Wohnung und wir merken es erst als die Türe schon zu ist. Der Schlüssel liegt drin auf dem Tisch. Der Besitzer wohnt ausserhalb und darum dauert es eine Weile bis er uns mit seinem Schlüssel die Türe aufmachen kann und der Stock wieder in unserem Besitz ist. Wir sind früh aufgestanden, um nicht schon am ersten Tag in der Mittagshitze laufen zu müssen. Doch diesen Vorsprung haben wir nun verpasst. Als wir in Pasaia sind, ist es bereits ziemlich warm. Der Weg vom Bahnhof durch die Stadt zieht sich. Endlich liegt das Meer vor uns. Aber nun führt der Weg gefühlte 1000 Treppenstufen nach oben. Mit seinem Wanderkarren kann Daniel hier nicht fahren. Er muss den Rucksack auf den Rücken nehmen. Trotzdem ist er schneller. Ich trotte mit grossem Abstand hinterher. Der Schweiss läuft. Die Luftfeuchtigkeit ist hoch. Die Kleider kleben am Körper. Meine Pilgerfreude liegt am Boden.

Und überall wimmelt es von Touristen, Joggern und Mountainbikern. Sie überholen mich mit einer Leichtigkeit, als ob sie mir sagen möchten, dass ich halt im Vorfeld hätte trainieren sollen. Ich schieb die Krise und beschliesse, am nächst möglichen Bahnhof den Zug zu nehmen und wieder heimzufahren. Im Nachhinein fühlt sich die Pilgerei immer so toll an. Wenn man erzählen kann, wie man all das überwunden hat. Aber zu Beginn ist es alles andere als romantisch. Ab nach Hause! So klingt es in mir, während ich mich mit der rechten Hand auf den wiedergewonnenen Pilgerstock stütze, mit der linken den Schweiss aus dem Gesicht wische und mit den Füssen mich Stufe für Stufe hochziehe. Doch dann kommt die bittere Erkenntnis, dass ich gar nicht so einfach umkehren kann. Denn wir haben unser Haus für sieben Wochen vermietet, weil wir jemanden brauchten, der sich um den Garten und die Hühner kümmert. Tatsächlich haben wir jemanden gefunden, dem wir unser Zuhause gerne anvertrauten. Ein echter Glücksfall, der aber das Heimfahren schwer macht. Ich kann nicht so einfach mit einem «Ich-bin-wieder-da»-Ruf jetzt schon zuhause aufkreuzen.

«Weitermachen», befiehlt die innere Stimme. «Hier kannst du jetzt eh nicht stehen bleiben.»

Irgendwann sind die Stufen zu Ende. Ich knalle den Rucksack auf den Boden und bleibe erst einmal liegen.

Daniel reicht mir seine Wasserflasche und nach einer Pause laufen wir weiter, der Küste entlang nach Donostia /San Sebastián.

Jede Reise beginnt mit dem ersten Schritt, sagt ein Sprichwort. Doch die ersten Schritte sind immer die schwierigsten. Dort lagern die Hindernisse, die Zweifel und die Widerstände und es kostet enorme Anstrengung, sie zu überwinden.

Zu den bereits erfahrenen Widerständen gesellen sich einige Kilometer weiter in San Sebastián noch weitere. Sie zeigen sich beispielsweise in Form eines schlecht gelaunten Busfahrers, der mich anschreit, weil ich hinten eingestiegen bin, während Daniel vorne die Fahrkarten für uns alle löste. Anscheinend darf man in Spanien den Bus nur vorne betreten. Obwohl Daniel für mich bereits bezahlt hat, besteht der Mann darauf, dass ich mit samt Rucksack und Hund auf dem Arm wieder aussteige, um anschliessend wieder vorne einzusteigen. Ich mache es, denn so gibt er Ruhe und alles hat seine Ordnung. Wir wollen zum Campingplatz, der ausserhalb der Stadt liegt. Zu laufen wäre zu weit. Immerhin ist San Sebastián die drittgrösste Stadt des Baskenlandes. Aber von den Fahrgästen kann uns niemand richtig Auskunft geben, wo genau wir aussteigen müssen. Nach dem Vorfall beim Einsteigen möchten wir den Busfahrer nicht weiter belästigen und folgen der Vermutung einer älteren Dame, die sich dann aber als falsch erweist.

Wir sind zu früh ausgestiegen und weil auch hier niemand so richtig weiss, wo der Campingplatz ist, nehmen wir ein Taxi. Eine gute Entscheidung, denn der Weg wäre noch sehr weit gewesen. Erstmals in diesem Jahr packen wir das Zelt aus. Es dauert einen Moment bis die Handgriffe wieder sitzen und alles an seinem Platz ist. In ein paar Tagen – das wissen wir es aus Erfahrung – ist uns das wieder so vertraut, dass wir es selbst im Dunkeln auf- und abbauen können.

04 Der taube Frosch

Während ich heute so vor mich hinlaufe, erinnere ich mich an die Geschichte der Frösche, die einen Wettlauf veranstalteten. Sie wollten ihn schwer machen und legten darum als Ziel einen hohen Turm fest. Von den zuschauenden Fröschen glaubte niemand, dass irgendeiner der Frösche das Ziel erreichen könnte. Anstatt sie deshalb beim Wettlauf anzufeuern, riefen sie: «Oh, ihr Armen! Das werdet ihr nie schaffen! Das ist viel zu schwer!» Nach und nach gab ein Teilnehmer nach dem anderen das Rennen auf. Alle, bis auf einen einzigen, der unverdrossen den steilen Turm hinaufkletterte und als einziger das Ziel erreichte. Die Zuschauerfrösche waren vollkommen verdattert und alle wollten von ihm wissen, wie das möglich war. Einer näherte sich ihm, um zu fragen, wie er es geschafft hätte, den Wettlauf zu gewinnen. Und da merkten sie erst, dass dieser Frosch taub war!

Im Wanderführer hatte ich gelesen, dass der Weg durchs Baskenland aufgrund der Höhendifferenz sehr anspruchsvoll sei. Machbar, aber eben eher für die

Sportlichen. Und genau das hing mir nun ständig im Kopf herum und machte mir das Laufen schwer. So richtig in die Freude war ich bis jetzt nicht gekommen. Anstatt mir selbst Mut zu machen und mir zuzurufen: «Toll, dass du es wagst. Du schaffst es! Ein Schritt nach dem anderen.», redete ich mir ein, dass dieser Weg für mich nicht machbar sei. Mitten im Selbstmitleid kam nun die Erinnerung an jenen Frosch, der den Aufstieg nur geschafft hatte, weil er für die negativen Stimmen taub war. Die eigentliche Schwierigkeit ist nicht der Weg. Schwer sind die Stimmen im Inneren, die mich niederdrücken. Mehr als über jeden erreichten Kilometer zählt, sich für jene innere Zurufe zu entscheiden, die Mut machen und helfen, durch alle Widerstände hindurch zu gehen. Einfach gehen, ohne sich entmutigen zu lassen. Jeden Schritt zu nehmen, ohne auf die Kilometeranzeige zu schielen. Die Füsse spüren und dabei die Schönheiten am Wegesrand wahrnehmen. Ich scheine anfällig zu sein für all diese Stimmen, die rufen, dass ich das nicht schaffe. Um mich taub zu stellen, hilft nur ein Trick. Wenn es in mir zu Lamentieren beginnt, stecke ich mir fortan Kopfhörer in die Ohren und übertöne das Jammern mit Musik oder einem spannenden Hörspiel. Es ist erstaunlich, wie weit ich laufen kann, wenn ich für die negativen Stimmen taub bin.

So überstehe ich dann den nächsten Tag, der neben den Höhenmetern auch Nebel mit sich bringt. Abends finden wir Unterschlupf neben einer Herberge. Sie wird von einer christlichen Glaubensgemeinschaft geführt, die – wie ich später im Internet nachlese- sehr kontrovers diskutiert wird. Aber die Leute hier begegnen uns freundlich und weisen uns oben am Hang ein Plätzchen zu, das sie begradigt haben, damit man dort im eigenen Zelt übernachten kann. Für uns die ideale Kombination. Wir haben eine Dusche und ein WC und können uns zudem fürs Abendessen und Frühstück eintragen. Wunderbar! Froh bauen wir unser Zelt auf. Kurze Zeit später taucht ein weiteres Paar auf. Wir lachen, als sie zu uns hochkommen und wir unsere Ähnlichkeiten entdecken. Sie sind im gleichen Alter und wie wir mit Wanderwagen und Hund unterwegs. Nur dass sie einen Mini-Hund haben, der täglich nur einen Kilometer läuft und danach hinten in einem eigenen Rucksackfach getragen wird.

Sieht ziemlich witzig aus, aber das Hündchen scheint es zu geniessen. France und Sylviane kommen aus La Réunion, einer Insel im Indischen Ozean, sprechen französisch und sind seit etwa drei Wochen unterwegs. Es sind feine Leute und ich freue mich sehr über die Begegnung. Sie erzählen, dass sie trotz des kleinen Yorkshire Terriers Mühe haben, in Spanien eine Unterkunft zu finden und darum wie wir mit dem Zelt unterwegs sind. Kaum haben sie ihr Zelt aufgebaut, stapft eine Gruppe Jugendlicher den Hang hinauf. Es sind 5 Pfadfinder aus Hamburg, die mit ihrem Leiter in Spanien Ferien machen. Im ersten Moment bin ich irritiert und fast ein wenig ablehnend. Die ebene Fläche ist nicht besonders gross und durch die Gruppe wird es eng. France reagiert als erster und verschiebt sein Zelt näher an unseres. So können die Jungs ihr Tarp aufbauen, wobei es auch für sie sehr eng ist. Mindestens einer wird heute Nacht auf dem Hang liegen und läuft Gefahr, im Schlaf nach unten zu rollen. Aber die Jungs sind cool drauf. Ich taue auf und habe Freude an unserer Unterhaltung. Man merkt ihnen an, dass sie als Pfadfinder im Improvisieren geübt sind und mit dem auskommen können, was da ist. Einer hat die Gitarre dabei, so dass wir mit sanften Akkorden in den Schlaf gewiegt werden. Am anderen Morgen ist Daniels Geburtstag. Schon am Vorabend hatte ich die Leute der Gemeinschaft gefragt, ob sie die mitgebrachten Kerzen beim Frühstück auf ein Brot oder etwas ähnliches stecken können. Und das tun sie und überbringen ein Stück Geburtstagskuchen mit einem Ständchen. Daniel freut sich wie ein Schneekönig. Sein Geburtstag und das gemeinsame Singen bringen uns mit weiteren Pilgerinnen und Pilgern in Kontakt und so lernen wir Karin und Katharina kennen, die beide aus Österreich kommen. Auch sie sind am Vortag körperlich an ihre Grenzen gekommen. Wir sind uns einig darüber, dass der Weg ziemlich happig ist. Unter grossem Gelächter erzählt Karin, dass sie trotzdem zuhause allen erzählen wird, wie wunderschön es hier an der Küste sei. Und so vereinbaren wir mit einem Augenzwinkern, dass wir verschweigen werden, wie uns der Schweiss über das Gesicht geronnen ist oder wie wir einen ganzen Tag lang nur im Nebel gelaufen sind. Das Meer, weswegen wir uns ja für diesen Weg entschieden hatten, hatten wir am Vortag jedenfalls nicht einmal gesehen. Katharina setzt noch eines drauf und macht vor, wie sie einer Freundin vom Baskenland erzählen wird: «Ach weisst du, natürlich geht es ständig rauf und dann wieder runter, aber daran gewöhnst du dich.» Mit solchen Sprüchen lachen wir uns gegenseitig Mut zu und dann brechen wir auf, jeder und jede im eigenen Tempo. France und Sylviane sind schneller als wir. Leider haben wir sie nicht mehr getroffen. Schade, ich hätte gerne gewusst, wie sie mit ihrem Hündchen den Weg geschafft haben. Aber so ist es halt. Für einen Moment fühlst du dich zwei Menschen verbunden und dann gehen sie weiter, ihren eigenen Weg. Nichts lässt sich festhalten.

05 Das Leben geht immer vorwärts

Wir sitzen eine geschlagene Stunde auf einer Parkbank im kleinen Städtchen Zarautz und suchen auf dem Handy nach einer Unterkunft für die Nacht. Mit seiner langen Strandpromenade lockt Zarautz viele Touristen an. Es gibt eine Menge Hotels, die ihre Zimmer teuer vermieten. Weil es ein besonderer Tag ist, nehmen wir das in Kauf und fragen selbst bei den teuren Unterkünften nach. Doch die Antwort ist immer dieselbe: «No perros!» - Keine Hunde! Schade, ich hätte Daniels Geburtstagsabend gerne an einem schönen Ort verbracht. Aber wir finden nichts. Auf einmal sehen wir auf der Karte, dass es in der Stadt einen Campingplatz gibt. Keine Ahnung, warum wir ihn nicht früher entdeckt hatten, zumal er nur 300 Meter von unserem Standort entfernt lag. Als wir vom Handy aufblicken, sehen wir die bunten Fahnen am Eingang. Wir sind beide verdutzt, weil wir so lange auf der Bank sassen und am falschen Ort gesucht hatten. Manchmal sieht man das Naheliegende einfach nicht.

Am anderen Tag ist wieder ein prima Wanderwetter. Das Schweisstuch kann im Rucksack bleiben. Und ich merke, dass so allmählich auch die Freude am Laufen erwacht. Katharinas Worte klingen mir noch im Ohr, als sie tröstend meinte, dass es halt ein paar Tage brauche, bis man eingelaufen sei. Und das erfahre ich jetzt. Meine Laune bessert sich und ich freue mich, dass ich hier unterwegs sein darf.

Während der Mittagsrast treffen wir auf eine Pilgerin, die uns wiederum wegen des Hundes anspricht und uns dann zu unserem Mut gratuliert. Ich erwidere ihr, dass das ja auch für sie gelte. Da lacht sie laut und meint verschmitzt, dass sie vor drei Tagen ihre Rolle gewechselt habe. Sie sei keine Pilgerin mehr, sondern nur noch Wanderin. Die erste Etappe über den Jaizkibel habe ihr den Rest gegeben. Es sei gleichzeitig der Beginn und das Ende ihrer Pilgerkarriere gewesen. Sie sei das Laufen gewohnt, aber die Steigung und die Länge der ersten Tagesetappe waren eindeutig zu viel. Ihre Füsse hätten das nicht mitgemacht. Jetzt läuft sie nur noch kleine Strecken und mit Tagesrucksack.

Staunend höre ich zu. Bis anhin hatte es in meinem Inneren immer noch ein wenig rumort, weil wir gleich zu Beginn die Strecke abgekürzt und erst in Pasaia mit dem Laufen begonnen hatten. Doch die Begegnung mit der jungen Frau bestätigte, dass es richtig gewesen war. Manchmal braucht es halt die Demut, die eigenen Grenzen anzunehmen. Auch ohne diesen Berg war der Anfang schwer gewesen. Hätten wir die Tour stur durchgezogen, hätte ich anderntags vielleicht auch abgebrochen. Während wir weitergehen, spüre ich eine Dankbarkeit in mir, dass wir uns so entschieden hatten. Nun sieht man auch das Meer. Die Aussicht ist wunderschön, aber leider ist da auch die Strasse, an der wir lange laufen müssen. Überall Verkehr und Abgase. Ich will mich auf das Schöne konzentrieren, mache darum die Ohrstöpsel rein und höre Musik. Auf einmal holt mich die Trauer ein über den Abschied, der gerade hinter mir liegt. 17 Jahre hatte ich als Seelsorgerin in der Pfarrei gearbeitet und die Menschen liebgewonnen. Alles war so vertraut gewesen. Es ist schön zu laufen, aber wie wird es wohl sein, wenn ich zurückkomme? Ich fürchte mich vor der

Leere, auch wenn ich ahne, dass sie wichtig ist. Die Musik lässt mich fühlen, was ich sonst gerne verdränge. Ich lasse mich berühren und auch die Tränen zu. Mit einmal bringt das Laufen eine Erinnerung zutage, die lange zurückliegt. Als Schülerin hatte ich einmal in einem Chor gesungen, und ich erinnere mich an ein Konzert, bei dem wir Lieder aus der Oper «Orpheus und Eurydike» sangen. Der Musiklehrer erzählte uns die Geschichte, wie Orpheus in die Unterwelt stieg, um dort seine verstorbene Frau wieder zu holen. Sein Gesang habe den Herrscher der Unterwelt so bewegt, dass er ihm die Bitte gewährte, Eurydike aus der Unterwelt zu holen. Die Bedingung dafür war, beim Aufstieg in die Oberwelt sich nicht nach ihr umdrehen zu dürfen. Unser Lehrer erzählte, dass Eurydike, die nichts von dieser Bedingung wusste, verzweifelte. Sie hielt es nicht aus, hinter ihrem geliebten Orpheus herzugehen, ohne dass der sie auch nur einmal ansah. So jammerte sie und rief ihn und als er sich gegen die Abmachung umdrehte, verschwand sie wieder in der Unterwelt.

Während des Laufens ist mir das Lied in den Sinn gekommen, das wir zu dieser Geschichte gesungen hatten. Warum es nach so vielen Jahren plötzlich wieder hochkam? Vielleicht liegt es daran, dass das Laufen auch etwas Monotones an sich hat und es mich in eine äussere Ruhe bringt. Doch wenn es im äusseren Erleben ruhig wird, geht es oft im eigenen Inneren rund und damit kommen auch alte, verschüttete Erfahrungen hoch. Dann ist auch die Zeit, sich ihnen zuzuwenden. Zudem besitzt die alte Sage aus der griechischen Mythologie eine Parallele, die sehr wohl etwas mit mir zu tun hat. Das ständige Zurückschauen über Verflossenes bindet die Lebenskräfte. Es ist gut, für einen Moment die Dinge zu betrauern, die im Laufe des Lebens zurückgelassen werden müssen. Aber dann geht es wie beim Pilgern darum, einfach weiter zu gehen. Schritt für Schritt. Denn das Leben geht immer vorwärts.

06   Es ist nur dein Denken

Seit zwei Tagen gibt es zwischen Daniel und mir ein geflügeltes Wort, das wir ständig einander zusagen: «Es ist nur dein Denken». Es stammt von einem Coach, der uns beiden viel bedeutet und entfaltet nun seine Wahrheit während unseres Pilgerns: wenn ich bei der Rast auf dem Boden sitze und dann wieder aufstehen soll. Unglaublich, was für ein Drama das Denken dabei machen kann! Je mehr ich diesem inneren Schauspiel Gehör schenke, desto unwahrscheinlicher ist es, dass ich da vom Boden wieder hochkomme. Die Knochen fühlen sich dann alt und steif an.

Oder wenn der Wegweiser nach dem Mittagessen verrät, dass es noch ganze lange 12 Kilometer bis zum Ziel sind, dann läuft mein Denken zur Höchstform auf. Das schaffe ich nie!

Natürlich fällt es mit 58 Jahren nicht mehr ganz so leicht, am Morgen aus dem Zelt zu kriechen oder am Boden zu essen. Aber das ständige Denken, wie mühsam das ist, raubt Energie und macht zusätzlich müde. Während ich also auf dem Boden sitze und mich wie ein

Käfer auf dem Rücken fühle, reicht Daniel mir den kleinen Finger, um mir hoch zu helfen und erinnert mich liebevoll, dass das grösste Drama in meinen Gedanken stattfindet. Anstatt weiter rumzuhirnen, wie schwer mir das Aufstehen fällt, ergreife ich vorsichtig seinen Finger und stehe einfach auf.

Die heutige Strecke ist wieder voller Höhenmeter. Während der Wanderstock in meiner rechten Hand den Takt vorgibt, singe ich leise ein altes Kinderlied vor mich her: «S chrüücht es Schnäggli, s chrüücht es Schnäggli s Bergli uuf, s Bergli uuf, äne wider abe, äne wider abe, uf em Buuch, uf em Buuch.»

Das Baskenland hat seine Tücken. Ständig geht es irgendwo hoch oder hinunter und wenn man denkt, das Schlimmste sei für heute geschafft, kommt der nächste Aufstieg. Wir haben die Küste verlassen. Der Weg führt nun ins Landesinnere. Hier ist es wesentlich ruhiger. Das Touristengewimmel mit all den Joggern, Bikern und Surfern liegt hinter uns. Ich geniesse die Ruhe und mit der Melodie des Kinderliedes krieche ich den Berg hinauf, um anschliessend wieder herunterzulaufen. Daniel ist mir weit voraus, so dass ich mit mir alleine bin. Ich befürchte, dass es heute schwierig werden wird, einen Schlafplatz zu finden. Die Herbergen sind weit weg und sie würden uns wegen Neva sowieso nicht aufnehmen. Der Weg führt durch Wälder und Gestrüpp. Auf der Karte hat Daniel ein altes Waschhäuschen ausfindig gemacht und wir hoffen, dass es dort immer noch Wasser gibt, sowie ein gerades Plätzchen, gross genug für unser Zelt. Gegen Abend kommen wir an. Tatsächlich fliesst das Wasser noch, aber auf den ersten Blick wirkt das Häuschen sehr düster. Aber Daniel hat Hunger. So bleiben wir und kochen unseren Eintopf mit Reis und frischen Bohnen. Es ist kühl geworden und beide sind wir froh, etwas Warmes essen zu können. Dankbar auch für das Wasser, in dem wir spülen und uns auch waschen können. Neben dem grossen Waschtrog, in dem früher wohl die Wäsche gewaschen wurde und heute sich Kaulquappen tummeln, bauen wir das Zelt auf. Es ist der einzige ebene Platz hier und das Dach wird uns vor dem Regen schützen, der für die Nacht vorausgesagt ist. Während das Wasser unermüdlich in den Trog plätschert, schlüpfen wir ins Zelt und verbringen eine ruhige

Nacht. Erst das Platschen am Morgen weckt mich und als ich aus dem Zelt schaue, hat Daniel sich doch tatsächlich zu den Kaulquappen in den grossen Waschtrog gesetzt. Das Wasser ist eiskalt. Darum fällt meine Morgentoilette weniger umfangreich aus. Mir reicht ein bisschen Wasser, um die Haare in Form zu bringen. Dafür gilt dem Kaffee dann meine ganze Aufmerksamkeit; er wärmt und muntert mich auf.

Wie angekündigt, beginnt es zu regnen. Der Weg ist matschig und es braucht die ganze Aufmerksamkeit, um nicht auszurutschen. Mitten zwischen Schlamm und Wasserpfützen kriegt Neva plötzlich einen Freudenanfall und springt mit ihren verdreckten Pfoten an mir hoch. Adieu saubere Kleidung! Die Hose werde ich so schnell nicht wechseln können, denn die Ersatzhose war gestern durch den ausgerissenen, kaputten Reissverschluss aus ihrem Dienst geschieden.

«Es ist nur dein Denken», murmle ich wie ein Mantra vor mir her. Das trocknet schon wieder. Danach kannst du den Dreck wegbürsten. Nach einem Moment der Verärgerung fange ich mich wieder. Die Freude des Hundes springt auf mich über. Ich sehe Neva, wie sie mit verdreckter Schnauze und hocherhobenem Schwanz glücklich zwischen mir und Daniel umherspringt und muss lächeln. Sie hat Recht. Trotz des leichten Regens ist es ein bezaubernder Morgen. Die Landschaft glänzt und überall riecht es frisch.

07   Die fromme Katze

Das Kloster von Zenarruza liegt auf einer Kuppe, von der aus man einen wunderschönen Ausblick in das hügelige Umland hat. Und auf der Klosterwiese haben wir einen Platz zum Zelten bekommen. Direkt neben der Pilgerherberge, deren Duschen und WCs wir benutzen dürfen. Von einer jungen Frau, einer Volontärin, waren wir auf Englisch begrüsst und willkommen geheissen worden. Ihre Freundlichkeit war eine echte Wohltat. In der untergehenden Abendsonne war sogar noch Zeit, um unsere nassen Sachen zu trocknen. Dann gab es Abendessen, das zusammen mit 25 anderen Pilgern an einem langen Tisch von zwei Mönchen serviert wurde. Das gemeinsame Essen bietet immer auch Gelegenheit, sich auszutauschen, selbst wenn die Verständigung in den unterschiedlichen Sprachen eine Herausforderung bleibt. Die Herberge finanziert sich durch Spenden. Es bleibt jedem und jeder selbst überlassen, wie viel man geben möchte. Lediglich das klostereigene Bier muss man bezahlen. Aber es ist jeden Cent wert. Ich habe es sehr genossen.

Um 21 Uhr läutet es zum Nachtgebet. Die meisten Pilger nehmen daran teil. Auch wir. Die Klosterkirche ist schlicht, erbaut im 15./16. Jahrhundert. Vorne sitzen vier Mönche, es sind die letzten im Kloster. Ihr Gesang ist dünn. Von den Pilgern singt niemand mit. Mit den alten Psalm Melodien ist niemand vertraut. Die ganze Situation wirkt etwas seltsam. Ich mahne mich, jetzt nicht zu werten und zu urteilen, sondern das Gebet wirklich mit dem Herzen aufzunehmen. Mein Blick streift über die alten Kirchenmauern und ich frage mich, wie viele Menschen in dieser Kirche wohl schon gebetet haben? Wie viele Bitten, wie viel Flehen und wie viel Sehnsucht wurden hier in all den Jahren still geäussert?

Einer der alten Mönche gähnt und unterbricht dabei sein Singen. Er ist müde. Es ist derjenige, der heute Abend zusammen mit seinem Mitbruder uns das Essen serviert hat. Ich ahne, wie anstrengend es sein muss, dieses Kloster aufrecht zu erhalten, vor allem wenn man nur noch zu viert ist. Trotz der Mithilfe von Volontären: die Zeit dieses Klosters scheint bald vorbei zu sein.

Das alles wird aussterben, denke ich. Aber was kommt danach? Was passiert dann mit diesen Gebäuden? Wer

pflegt die Gastfreundschaft? Wer gibt den dahergelaufenen Pilgerinnen und Pilgern Herberge? Nicht nur für
die Nacht, sondern auch für ihre spirituellen Bedürfnisse?

Etwas in mir beginnt zu rumoren. Aber warum halten
sie an diesen alten Formen fest? Warum singen sie
diese Psalmen in dieser alten Sprache, die niemand
mehr versteht? Warum probieren sie nicht etwas
Neues, eine neue Form von Nachtgebet mit Liedern aus
Taizé oder jedenfalls welchen, bei denen die Leute mit-
singen können? Die Seelsorgerin in mir ärgert sich. Das
ist eine verpasste Chance! Und damit bin ich wieder im
Werten.

Plötzlich läuft eine Katze ins Bild. Langsam, dabei erhaben und majestätisch läuft sie nach vorne in den Altarraum. Ich sehe, dass einer der jüngeren Mönche sich ärgert und während des Singens mit den Augen streng die
Katze verfolgt. Doch die lässt sich nichts anmerken. In
aller Gelassenheit setzt sie sich hin und putzt sich ausgiebig. Der Mönch wird rot im Gesicht, aber im Moment
kann er nichts tun. Wir sind mitten im Schuldbekennt-
nis. Da passt es nicht, wenn er jetzt einfach aufstünde,

um sie zu vertreiben. Ich muss grinsen. Während alle auf Spanisch ihre Schuld bekennen, sitzt die Katze völlig unbeeindruckt einfach da. Ganz selbstverständlich. Ich kann die Augen nicht von ihr lassen. All meine klugen Gedanken über das Klosterleben, über die Kirche und die Liturgie erscheinen mit einem Mal so unwichtig. Dagegen wird die Katze, die einfach nur dasitzt, ganz gegenwärtig. Sie ist ganz bei sich und darum für mich eine gute Lehrmeisterin.

Am Ende der Feier bittet der alte Mönch uns nach vorne. Es ist der, welcher vorhin noch ausgiebig gegähnt hatte. Jetzt ist er hellwach und fragt mit lebendigen Augen, wer den Pilgersegen möchte. Alle nicken. Und so beginnt er auf Englisch zu beten:

Gott begleite dich auf deinem Weg, sende dir Kühlung bei Hitze und sei bei dir in Gefahr. Er schenke dir Trost und Zuversicht....

Ich kann den Segen tief aufnehmen. Der alte Mönch ist ganz bei der Sache. Er ist authentisch und seine Worte klingen liebevoll. Das berührt mich. Als ich die Augen wieder öffne, sehe ich, dass die Katze sich zu uns gesellt hat. Genüsslich schnuppert sie an den Blumen vor dem

Altar. Als wir aus der Kirche hinaustreten, sitzt die Volontärin auf der Mauer. Weil sie alle begrüsst und eingeführt hatte, kennen sie alle und gehen an ihr vorbei. Mit festem Händedruck wünscht sie allen eine gute Nacht.

Als wir aufwachen, tropft es aufs Zelt. Es regnet. Am liebsten würde ich liegenbleiben. Ich habe schlecht geschlafen und bin müde. Aber meine Blase rebelliert; ich muss raus. Zudem müssen alle Pilger Punkt 8.00 Uhr weg sein. So wurde es gestern beim Abendessen angekündigt. Denn an diesem Abend schon würden wieder neue Pilger kommen, die Herberge suchen. Die Regel gilt auch für uns und damit war auch die Idee vom Tisch, einen weiteren Tag hier zu bleiben und auszuruhen.

In der Herberge gibt es einen dünnen Kaffee und das Brot, das vom Abendessen übriggeblieben ist. Überall herrscht Aufbruchstimmung. Die Ehrgeizigen sind bereits weg.

«Buen Camino!», rufen alle und sprechen sich damit auch Mut zu. Der Regen trifft alle gleich. Wir bauen das Zelt ab und brechen ebenfalls auf.

08 Gastfreundschaft in Guernica

Der Weg führt nach unten und der Abstieg erfolgt über eine solide lange Holztreppe, auf der Daniel mit seinem Wagen ziemlich gefordert ist. Unten erreichen wir die Ortschaft Munitibar, die uns zum Kaffeehalt verführt. Während der Regen weiter tropft, sitzen wir vor Tortilla und Kaffee und schmieden Pläne. In wenigen Tagen erreichen wir Bilbao. Zeit also, dort nach einer Unterkunft zu suchen. Wir finden ein Hotel, das uns mit Hund aufnimmt und buchen für drei Nächte. Immerhin ist Bilbao eine Grossstadt. Neben dem bekannten Guggenheim-Museum gibt es so manches, das einen Besuch wert ist. Ich bin richtig glücklich. Die Aussicht auf drei Tage in einem Hotel mit Frühstücksbuffet, baut mich auf. Begeistert hole ich mir eine zweite Tasse Kaffee und bleibe in der Bar vor dem Fernseher hängen, der gerade die olympischen Spiele überträgt. Staunend verfolge ich den Speerwurf der Damen, bis Daniel mich zum Aufbruch mahnt. Im Regen geht es weiter. Aber mein Ansporn ist geweckt, denn übermorgen sind wir in Bilbao. «Bis dahin hältst du auch das Wildcampen aus», sage ich mir, «selbst, wenn es weiterhin regnet». Zudem lockt die Aussicht, bald wieder frische Wäsche zu haben. Ich hatte herausgefunden, dass unser Weg nach Guernica führt, wo es eine Lavanderia, also einen Waschsalon gibt. In der kleinen Plastikschüssel der Klosterherberge wollte ich nicht waschen und bei diesem Wetter wäre auch nichts trocken geworden.

Am Mittag rasten wir bei einer ehemals stolzen Kirche, die einen riesigen Vorbau hat. Wie viele Kirchen in Spanien ist auch sie verschlossen. Sie muss einmal prächtige Zeiten erlebt haben, nun aber wirkt sie ziemlich heruntergekommen. Unter dem Vorbau legen wir das Zelt und die Ponchos zum Trocknen aus und finden sogar ein WC, wenn auch in einem wenig ansprechenden Zustand. Dennoch überlegen wir, ob wir nicht bleiben und unter dem Vorbau schlafen sollen. Stören würden wir wohl niemanden, weit und breit ist keine Menschenseele zu sehen. Aber irgendwie ist uns hier nicht ganz wohl und so packen wir die Sachen wieder zusammen und laufen weiter. Inzwischen hat der Regen aufgehört. Es folgt ein steiler Aufstieg und dann geht es der Strasse entlang. Langsam bin ich richtig müde und es plagt mich die Ungewissheit, wo wir wohl heute Nacht schlafen werden. Zugleich freue ich mich, weil ich endlich im Pilgermodus angekommen bin. Ich empfinde das Laufen nicht mehr ganz so anstrengend, habe gute Laune und kann annehmen, was der Tag so bringt. Vielleicht ist es auch der Pilgersegen des gestrigen Abends, der mich beflügelt. Die Berührung trage ich immer noch in mir.

«Lass uns irgendwo fragen, ob wir im Garten schlafen dürfen», schlage ich vor, als wir kurz vor Guernica an ein paar Häusern vorbeikommen. Und Daniel, der spanisch spricht, klingelt an der ersten Haustüre. Heraus kommt eine alte Frau, die wohl Respekt davor hat, zwei wildfremde Menschen in ihren Garten zu lassen. Doch sie verweist uns auf den Nachbarn und der sagt sofort zu. Zwar nicht für den Garten, aber für die grosse Wiese, welche direkt an sein Haus anschliesst. Anschliessend führt er uns in seine kleine Werkstatt, in die er ein WC und eine Dusche eingebaut hat. Ich bin begeistert. Besser kann man es gar nicht haben.

Wir erhalten nicht nur Gastfreundschaft, sondern erfahren durch unseren Gastgeber von der traurigen Begebenheit, die sich 1937 seiner Stadt ereignet hat. Ich verstehe nur einen Teil der spanischen Worte und weil es mich interessiert, schlage ich später im Führer nach und erfahre ein trauriges Kapitel spanisch-deutscher Geschichte. Das unter Hitler gegründete Fliegerkorps, welches die faschistischen Truppen General Francos unterstützte, flog einen grossen Luftangriff und bombardierte Guernica. Eine humanitäre Katastrophe, die Pablo Picasso in seinem bekannten Gemälde «Guernica» festgehalten hat. Er hatte es noch im selben Jahr für die Pariser Weltausstellung geschaffen, als Erinnerung an das Massaker.

Aber es gibt noch eine andere Besonderheit, welche die Stadt auszeichnet und die reicht weiter zurück und hat mit einem Baum zu tun, dem sogenannten Árbol de Guernica. Dieser galt den Basken als Symbol ihrer Freiheit und ihrer früh erkämpften Sonderrechte. Selbst Könige mussten unter dem Baum schwören, die Sonderrechte der Provinz zu respektieren. Über die Jahrhunderte trafen sich dort die Räte des ganzen Baskenlandes, um politische Angelegenheiten zu besprechen und Gesetze zu erlassen. Bis heute, verrät mir der Führer, leistet der baskische Ministerpräsident dort seinen Amtseid. Jedoch nicht mehr unter der Originaleiche, sondern aktuell unter einem Baum, der im Jahr 2015 gepflanzt wurde. Von unserer Wiese aus können wir gut auf die Stadt hinuntersehen. Aber jetzt ist sie für mich mehr als nur Durchgangsstation um einzukaufen und die Wäsche zu waschen. Sie bekommt eine Geschichte. Während ich auf sie hinunterschaue, denke ich an die Menschen, die das ausgehalten und Guernica aus den Trümmern neu aufgebaut haben. Dank der Gastfreundschaft und des Vertrauens unseres Gastgebers bleibt mir dieser Ort in guter Erinnerung.

09   Eine Haarnadel als Rettung

Anderntags laufen wir direkt ins Industriegebiet, wo sich der grosse Einkaufsmarkt befindet, in dem es den ersehnten Waschsalon hat. Daniel und Neva bleiben in der Bar, während ich mich mit einem Sack Schmutzwäsche aufmache, um die Waschmaschine zu füllen. Während sie läuft, wollen wir in der Bar frühstücken. Das Einkaufszentrum ist riesig und als ich die Lavanderia endlich finde, sind alle Maschinen belegt. Also bleibe ich und warte, dass eine frei wird. Ich befürchte, dass mir sonst jemand zuvorkommt und wir dann noch länger warten müssen. Waschen und Trocknen dauert seine Zeit und wir haben noch einen langen Weg vor uns. Als endlich eine der Maschinen fertig ist, stehe ich voller Erwartung auf. Aber niemand kommt, um sie auszuräumen. Ich gehe an die Information und versuche den beiden Damen dort mein Problem zu erklären. Doch die können kein Englisch und ich spreche kein spanisch und schon gar kein baskisch. Aber sie sind hilfsbereit. Eine von ihnen kommt mit mir mit und erkennt das Problem.

Kurzerhand nimmt sie die fremde Wäsche aus der Maschine und wirft sie in einen Korb. Sie will mir noch erklären, wie der Münzwechsler funktioniert. Aber ich winke ab und signalisiere, dass ich damit schon klarkomme. Das jedoch erweist sich dann als voreilig. Denn später wird sich herausstellen, dass es gut gewesen wäre, wenn ich ihr zugeschaut hätte. Ich zücke den Geldbeutel und stopfe meine 50 Cent-Münzen in den Spalt. Ich will endlich starten, denn in der Bar wartet das Frühstück. Aber nun funktioniert gar nichts mehr. «Jetzt ist das blöde Ding auch noch kaputt», denke ich, bis mein Blick auf das Schild fällt, auf dem gross geschrieben steht, dass man nur 1- oder 2-Euromünzen einwerfen darf. Die Tür bewegt sich nicht, an die Wäsche komme ich nicht mehr. Neben mir steht eine Frau, die gerade ihre Bettdecke in einen der beiden Trockner stopft. Auch sie kann kein Wort englisch. Trotzdem versteht sie und schlägt kurzerhand mit der Faust auf die Maschine. Als das nichts nützt, nimmt sie aus ihrer Frisur eine Haarnadel, biegt sie gerade und fummelt solange im Münzschlitz herum, bis die beiden 50 Cent-Stücke wieder draussen sind. Ich bedanke mich freundlich und will endlich den Waschvorgang starten, doch dann fliegt mir der Geldbeutel aus der Hand und sämtliche Münzen tanzen im Raum herum. Mehrere Köpfe drehen sich zu mir. Mit rotem Kopf sammle ich die Münzen wieder ein. Und ein zweites Mal kommt mir die Frau zu Hilfe. Gemeinsam starten wir die Maschine und etwas verdattert gehe ich zu Daniel zurück und bestelle endlich meinen Kaffee.

10 Wie immer auf Herbergssuche

Mit der frischen Wäsche im Rucksack machen wir uns kurz vor Mittag wieder auf den Weg. An einem Rastplatz treffen wir auf weitere Pilger, darunter auch welche, mit denen wir in der Klosterherberge waren. Obwohl wir uns kaum kennen, ist die Wiedersehensfreude gross. Das gemeinsame Unterwegssein verbindet. Neu lernen wir Frida kennen, die alleine unterwegs ist. Sie ist 24 Jahre alt und erzählt uns, dass sie eine Tanzausbildung machen wollte. Doch sie hat eine Absage bekommen, ihr Lebenstraum ist zerplatzt. Nun braucht sie eine Alternative, ist also auf der Suche nach etwas anderem. Als sie erfährt, dass Daniel im Bereich Palliative Care arbeitet, fragt sie ihn lange über seine Arbeit aus. Eine Zeit lang laufen wir zusammen, doch dann trennen wir uns. Die junge Frau ist schneller als wir. Am Abend treffen wir sie vor einer Kirche wieder. Wie wir entscheidet Frida auch jeden Tag aufs Neue, wo sie schlafen wird. Ein Zelt hat sie nicht dabei, aber Isomatte und Schlafsack. Für diese Nacht hat sie sich mit einer anderen jungen Frau aus Tschechien zusammengetan. Beide wollen im Vorraum der Kirche schlafen. Als wir ankommen, haben die beiden bereits geduscht. Eine freundliche Familie, die gegenüber der Kirche wohnt, hat beide in ihr Badezimmer gelassen. Duschen würde ich jetzt auch gerne. Ich bin total verschwitzt und mag mich selbst nicht mehr riechen. Ich schiele auf die Haustüre, aber niemand von der Familie lässt sich blicken. Ganz offenbar riechen sie auch nicht, dass da noch zwei weitere Pilger die Dusche dringend nötig hätten.

Frida macht mit ihren nassen Haaren gerade ihre Yoga- und Dehnübungen, während wir etwas unschlüssig herumstehen und überlegen, ob wir ebenfalls die Nacht hier verbringen möchten. Doch wir entscheiden uns für unser Zelt und laufen weiter. Kurz darauf kommen wir an einem Picknickplatz vorbei. Ich bin mega müde und habe Hunger. Also essen wir erst einmal und hoffen, dass sich anschliessend irgendeine Lösung auftut. Und so ist es auch.

Auf der anderen Strassenseite ist die Schule und direkt dahinter eine Wiese, die gerade frisch gemäht wurde und von der Strasse aus nicht sichtbar ist. Ein idealer Platz. Zudem entdeckt Daniel ein WC, das geöffnet und auch sauber ist. Später sehen wir, dass es von den Busfahrern benutzt wird, die neben der Schule ihre Pause verbringen. Auf der Wiese schlagen wir unser Zelt auf. Ungewaschen lege ich mich auf die Isomatte und trauere etwas der verpassten Duschmöglichkeit nach. Schuhe und Socken stelle ich unter das Vordach, jedoch möglichst weit weg vom Kopf und der Nase. Ich brauche lange, um einzuschlafen, obwohl ich hundemüde bin. So müde wie auch Neva, die sofort ins Zelt kriecht, sobald es aufgestellt ist. Während ich schwitzend auf meiner Matte liege, tröste ich mich damit, dass ich morgen um die gleiche Zeit frisch geduscht in einem Hotelzimmer liegen werde. Und so kommt der Schlaf dann doch noch.

Mitten in der Nacht schrecke ich hoch. Da sind Geräusche. Irgendetwas stampft schwerfällig durchs Unterholz. Sind das Kühe? Wenn ja, verhalten sie sich seltsam. Um weiterschlafen zu können, will ich wissen, was das ist. Vorsichtig öffne ich den Reissverschluss vom Zelt und schaue raus. Doch in der Dunkelheit erkenne ich nichts. Aber irgendetwas ist da. Eindeutig. Und was auch immer es ist, es ist nicht alleine. Da müssen mehrere sein, denn die Geräusche kommen von unterschiedlichen Stellen. Es schmatzt und grunzt und nun ist alles klar. Es sind Wildschweine und sie haben es auf die Äpfel und Birnen abgesehen, die von den Obstbäumen gefallen sind. Geräuschvoll lassen sie sich die Früchte schmecken.

Einen Moment habe ich Angst und überlege, ob die Tiere uns gefährlich werden könnten. Immerhin besitzen auch wir ein paar Dinge, welche die Wildschweine sicher anziehend finden. Und dann bleibt auch noch die Frage, wie Neva reagieren wird. Die aber schläft tief und fest, erschöpft von der Wanderung, bei der sie sicher doppelt so viel Strecke gemacht hat, wie wir. Schliesslich muss sie ja das Rudel zusammenhalten und springt darum immer zwischen der hinterherlaufenden Christina und dem schnelleren Daniel hin und her. Meine Furcht war unbegründet. Unbeschadet überleben wir die Nacht und laufen am nächsten Morgen Bilbao und der Dusche entgegen.

11 Nur ein weisser Fleck

Aus dem Pilgerführer erfahren wir, dass Bilbao einmal durch seine Werften und Eisenhütten zu grossem Wohlstand kam, aber durch die Schwermetallkrise der 70er und 80er Jahre des vergangenen Jahrhunderts seinen Wohlstand wieder verlor. Beachtenswert ist, dass nach den schweren Krisen, welche die Stadt erschütterten, die Verantwortlichen den Mut zu einer radikalen Wende hatten. So wurde die Stadt umgestaltet. Hässliche Industrie- und Gleisanlagen wurden wieder zu Grünflächen, die Hafenanlagen verlegte man aus der Stadt hinaus an die Küste. Mit dem bekannten Guggenheim-Museum, das 1997 eröffnet wurde, erhielt Bilbao zusätzlich ein schillerndes Aushängeschild. Natürlich besuchen wir das Museum. Der spektakuläre Bau begeistert uns. Pilgern öffnet etwas in den Menschen. Bei allen Herausforderungen sind die Tage schlicht und weniger hektisch als der Alltag. Weniger Reizüberflutung. Vielleicht ist das der Grund, warum ich den Bau und auch die Ausstellung mit echter Neugier besuche und mich an den ganz unterschiedlichen Werken freuen kann. Bis anhin hatte ich zur modernen Kunst eher ein zwiespältiges Verhältnis. Ich konnte nicht viel damit anfangen. Bei diesem Besuch jetzt bin ich offener, ich werte und kritisiere weniger. Einige Bilder beeindrucken mich tief. Fasziniert stehe ich z.b. vor einem grossen abstrakten Ölgemälde[4], das einfach nur schwarz ist. Die ganze Fläche ist lediglich mit schwarzer Ölfarbe bemalt bis auf einen kleinen Fleck am linken unteren Rand des Bildes. Es ist so simpel und dennoch voller Möglichkeiten, wie es betrachtet werden kann. Unwillkürlich denke ich an einen Satz, den meine Tochter einmal in ihrem Zimmer hängen hatte: «Natürlich kann ein jeder, was die Künstler so können. Aber es tut nicht ein jeder und das ist der Unterschied.» Keine Ahnung, wer das einmal gesagt hat, aber hier trifft das voll und ganz zu. Ein schwarzes Gemälde mit einem kleinen weissen Fleck. Vermutlich könnten andere es auch malen. Aber auf diese Idee muss man erst einmal kommen. Und das Bild hat nicht einfach eine fertige Botschaft, sondern lädt ein, darüber ins Gespräch zu kommen. Ich sehe es

---

[4] Motherwell, Robert: Iberia. Gemalt 1958.

51

als Hoffnungsbild und auch als Frage an die Betrachtenden: auf was schaust du? Worauf geht deine Aufmerksamkeit? Wem gibst du mehr Gewicht: der schwarzen Fläche oder dem weissen Fleck? Abends im Hotel liest Daniel mir einen Text aus einem alten chinesischen Weisheitsbuch, der dieses Gemälde für mich in eine poetische Sprache fasst:

Sagt man schön
meint man auch hässlich
so ist das was ist
nur durch das was es nicht ist
leicht wäre nicht ohne schwer
kurz nicht ohne lang
hoch nicht ohne tief
Klang und Ton formen einander
Nachher kommt nach vorher
nicht machen nicht tun;
lernen zu schauen wie`s kommt
und wie`s geht[5]

---

[5] Steindl-Rast, David und Nill Balts (Hg.): Der Fliessweg. Gedanken zum Daodejing des Laozi. Innsbruck 2024. S. 16.

Das was ist, ist nur durch das, was nicht ist. – Wie das Gemälde kann man auch diese Worte nur mit dem Herzen lesen. Der Kopf dreht dabei hohl. Ich führe das Gedicht und das Bild in meinem Erleben zusammen und verstehe: das Schwarze ist nur durch das Weisse. Das Licht ist nur durch das Dunkle. Das Leben nur durch den Tod. Und die Herausforderung bleibt, all das kommen und gehen zu lassen. «Zu schauen, wie`s kommt und wie`s geht.»

Mit diesen Gedanken schlafe ich auf dem weichen Bett ein.

12 Verhängnisvolles Knirschen

Ich spüre meine Müdigkeit und bin froh, mich einen weiteren Tag ausruhen zu dürfen. Abends erkunden wir die Stadt, die voller Menschen ist. Der Weg zum Zentrum führt uns durch das afrikanische Viertel, das geprägt ist von unterschiedlichen Gerüchen, von Musik und Lärm und bunt angezogenen Menschen. Alt und Jung ist auf der Strasse. Fremd klingende Sprachen dringen zu uns. Ich mag Bilbao, frage mich aber, ob diese Stadt wohl niemals schläft. In den Bars der Altstadt sind fast alle Plätze belegt. Endlich ergattern wir draussen einen freien Tisch und Daniel geht hinein, um etwas Wein und ein paar Pintxos zu bringen, kleinere Häppchen, wie sie im Baskenland üblich sind. Meiner besteht aus einem panierten Camembert, innen mit einer süssen Füllung. Er schmeckt richtig lecker, ist aber leider etwas zu klein, um den Hunger zu stillen. Wir beschliessen, uns weitere zu genehmigen. Daniel übernimmt wiederum die Bestellung, doch dieses Mal dauert es ewig, bis er wieder kommt. Er hat sich mit einem Spanier verquatscht. Weil ich alleine so lange an der Strasse herumsitzen musste, bin ich ein wenig verärgert darüber. Und als er mir einen panierten Pintxos überreicht, greife ich couragiert danach und stecke in mir in den Mund. Klein genug ist er ja. Dass neben dem Teller dieses Mal ein kleiner Löffel liegt, habe ich total übersehen. Unüberhörbar ist dann das Knirschen in meinem Mund.

«Komisch», denke ich, bin aber schon so im Essen vertieft, dass ich den Grossteil des Pintxos bereits verschluckt habe, bis ich an Daniels Gesicht sehe, dass irgendetwas nicht stimmt. Statt eines vermeintlichen Camemberts habe ich eine frittierte Auster mitsamt der Schale gegessen. Nun ist auch klar, woher das Knirschen kam.

13 Caballeros in Castro Urdiales

Um uns den mühsamen Weg aus Bilbao durch die Industrie- und Hafenanlagen zu ersparen, fahren wir ein Stück mit der Metro bis zur Puente Colgante, einer imposanten Hochbrücke ganz aus Eisen. An Stahlseilen hängt die Schwebefähre, mit der wir den Fluss überqueren. So erreichen wir Portugalete, wo wir den Aufstieg aus der Stadt bequem über Laufbänder machen. Ich bleibe einen Moment stehen, weil es so witzig aussieht, wie die Pilger mit ihren Hüten, Stöcken und Rucksäcken auf den Bändern förmlich die Stadt hinaufschweben. Was es alles gibt! Abends finden wir neben der Pilgerherberge von Pobeña ein Nachtquartier. Auf der kleinen Grünfläche zwischen der Strasse und dem Haus dürfen wir das Zelt aufbauen, wobei wir mehrfach darauf hingewiesen werden, dass der Hund nicht auf die Wiese pinkeln soll. An für sich völlig nachvollziehbar, wäre die Herberge nicht abends ab 22.00 Uhr verschlossen und wir sowie 6 weitere Camper von jedem WC abgetrennt worden. Gut, dass sie für ihren kleinen Garten sorgen, aber die verschlossene Türe bringt für diejenigen, die draussen schlafen, auch seine Probleme mit sich. So hat halt jeder Schlafplatz seine Herausforderungen.

Einen Tag später sind wir in Castro Urdiales wieder auf einem Campingplatz. Er liegt erhöht und bietet eine wunderschöne Aussicht auf das Meer, gestört durch den Lärm der Autobahn, der überall zu hören ist. Auf Pilger ist der Platz nicht eingestellt. Das Plätzchen für unser Zelt ist dreckig, überall liegt Plastik rum, Rasen hat es keinen. Dafür eine Dusche und sogar einen Pool. Fürs Schwimmen bin ich aber zu müde. Duschen, essen und schlafen, das sind all meine Bedürfnisse. Der Waschraum ist sauber, aber die Türe schliesst nicht richtig und so bin ich etwas irritiert, als plötzlich ein Mann neben mir duscht. Nur gut, dass ich ihn in der vermeintlichen Frauendusche nicht massgeregelt habe, denn als ich hinausgehe, sehe ich das Pissoir, das eindeutig darauf hinweist, dass nicht er, sondern ich mich geirrt habe. Weil ich das «S» bei den Frauen fälschlicherweise mit «Señor» (statt Señoras) verbunden hatte, war ich bei den «Caballeros» gelandet.

Inzwischen begann es zu regnen, was unsere Pläne vereitelte. Am Nachmittag hatten wir eingekauft, um kochen zu können. Aber nun ist weit und breit kein Platz, wo wir hätten unterstehen können. Lediglich vor dem Restaurant hat es einen kleinen überdachten Tisch, auf dem aber ein grosses Schild steht, dass hier nur Restaurantbesucher sitzen dürfen. Es wäre sicher nicht gerne gesehen, wenn wir jetzt hier unseren Kocher auspacken. Ins Restaurant dürfen wir nicht, denn da prangt das schon bekannte Schild: «No Perros!» - Keine Hunde!

«Dann holen wir uns etwas aus dem Restaurant», schlage ich Daniel vor, der sich zuerst sträubt, weil er die feinen Zutaten morgen nicht wieder im Rucksack tragen will. Aber ich kann ihn umstimmen. Im Restaurant heisst es dann jedoch, dass es vor 20.30 Uhr kein Essen gäbe. Solange kann ich nicht warten. Weil mir aber erlaubt wird, die Handys aufzuladen, kaufe ich dafür ein Bier und setze mich draussen zu Daniel an den Tisch. Es ist nass und ungemütlich, aber es gibt keinen anderen Ort, wo wir sitzen können. Unauffällig streckt Daniel unter dem Tisch die Hände in die Tüte, in der wir die Lebensmittel aufbewahren. Dann holt er Brot und

Käse heraus und wir essen heimlich. Immer mal wieder nippt jemand von uns am Bier und wenn uns jemand beobachten würde, dann würde er sich vielleicht wundern, warum das Glas so lange nicht leer wird. Neben Reis und Gemüse hatten wir für unser Abendessen halt schon zwei Dosen Bier eingekauft, die wir am anderen Tag nicht auch noch mitschleppen wollten. Daniel öffnete sie und füllte immer mal wieder das Glas auf, das uns auf dem Tisch als Alibi diente.

14 Mittagsrast mit Sündenerlass

Wieder einmal verläuft der Weg mehrere Kilometer der Strasse entlang. Neben uns donnern Lieferwagen, Wohnmobile und Autos vorbei – keine schöne Strecke. Zu Mittag entdecken wir einen Schleichweg, der runter ans Meer führt. Dort setzen wir uns auf einen Felsen und essen. Es gibt Tomaten, Gurken, Brot und einen richtig feinen spanischen Käse. Schmunzelnd erzähle ich Daniel, wie ich ohne Spanischkenntnisse mit Händen und Füssen die Bedienung gefragt habe, ob ich den Käse im Vorfeld probieren dürfte. Es hat funktioniert und die richtige Auswahl ermöglicht. Der Käse schmeckt einfach super. Er soll aber bis morgen reichen und so haushalten wir damit. An den Sträuchern hinter uns hängt unser Zelt, um zu trocknen. Wir haben es am Morgen nass einpacken müssen.

Plötzlich beginnt es wieder zu tröpfeln. Kein starker Regen, eher so ein Nieseln, wie es halt am Atlantik oft geschieht. Trotzdem soll das Zelt nicht wieder nass werden. Darum unterbrechen wir die Mahlzeit und legen es zusammen.

Hinter mir höre ich eine Plastiktüte rascheln, denke mir aber nichts dabei. Doch als ich mich umdrehe, sehe ich aus den Augenwinkeln, dass der Hund sich die Lippen leckt. Und plötzlich dämmert es mir: der Käse! Es waren noch mindestens 300 Gramm übrig gewesen. Aber die hat Neva mit nur zwei Happs hinuntergeschluckt. Sie bemerkt meinen Stimmungswechsel und geht vorsichtshalber auf Distanz. Tatsächlich bin ich auch verärgert. Doch die Blicke, die sie abwechselnd mir und Daniel zuwirft, versöhnen uns wieder. Lachend beschliessen wir, dass Neva für einen vollkommenen Sündenablass jetzt halt nach Santiago pilgern muss.

15 Der verpasste Kaffee

Wenn mich jemand fragt, was für mich auf dem spanischen Nordweg die grösste Herausforderung war, so erwähne ich die Übernachtungen. Die erwiesen sich in unserer Dreier-Konstellation oft als problematisch, manchmal aber auch überraschend als freudvolle Begegnung. Schön war der Kontakt mit dem alten Ehepaar, das uns in ihrem Garten schliefen liess. Als Daniel an der Türe klingelte und fragte, ob wir für eine Nacht bleiben dürften, war das für sie ganz selbstverständlich. Und er kam nicht nur mit der guten Nachricht zurück, sondern auch mit Tomaten, Gurken und einem grossen Glas Thunfisch; der Beste, den ich je gegessen habe. Sie hatten ihn selbst eingemacht. Neben ihrem Garten gab es einen kleinen Park mit Tischen und Bänken und im angrenzenden Fluss badete Neva ausgiebig. Es war der ideale Platz zum Kochen. Doch leider hatten wir im Supermarkt den falschen Brennstoff erwischt. Es gab eine Riesenflamme, das Essen verbrannte und alles war schwarz. Geistesgegenwärtig konnte Daniel den Kocher noch rechtzeitig auf den Boden befördern, sonst hätte sich dieses Abendessen nicht nur in die Erinnerung, sondern auch in den Picknicktisch eingebrannt. Der Sand am Flussufer tat ein kleines Wunder und mit ihm reinigte Daniel den Topf, so dass er wieder als Topf erkennbar war. Doch aus einem feinen, warmen Abendessen wurde nichts mehr. Beim Frühstück am anderen Morgen mussten wir dann ebenfalls improvisieren. Wiederum nahmen wir es im Park ein, ein paar Meter von unserem Zelt entfernt. Mit einer Brennstofftablette, die ich für Notfälle mal eingesteckt hatte, konnten wir zwar eine Flamme entzünden, aber der Kaffee war lauwarm und schmeckte einfach nur grässlich. Trotzdem besser als nichts, denn wir würden erst am Abend wieder an einer Bar oder einem Restaurant vorbeikommen. So trank ich ihn. Wir packten ein und klingelten noch einmal bei unserem Ehepaar, um uns zu verabschieden. Da sagte die liebe Frau etwas, dass ich lieber nicht gehört hätte. Sie habe uns zum Frühstück einladen wollen, aber wir seien nicht beim Zelt gewesen. Jetzt sei der Kaffee halt leider kalt geworden. Wenn ich das geahnt hätte!

16 Sternenhimmel

Während der verpasste Kaffee mir im Kopf rumgeistert, stapfen wir den Berg hinauf. Der Weg ist schön, aber anstrengend. Dafür gibt es am späten Nachmittag eine spektakuläre Aussicht auf Laredo, einer der grössten Badeorte der kantabrischen Küste. Man sieht auf die Altstadt und die langen Sandstrände. Das weckt die Vorfreude und wir machen uns an den Abstieg. Die Stadt selbst ist voller Menschen; zahlreiche Touristen verbringen hier ihre Ferien. Mit dem Wanderwagen und dem Hund kämpfen wir uns durch das Gewimmel und endlich erreichen wir den Campingplatz. Wir werden abgewiesen. Dieses Mal nicht wegen Neva, sondern weil alles ausgebucht ist. Nicht einmal für die Pilger mit kleinem Zelt gibt es einen Platz. Ich kann es nicht fassen und versuche zu verhandeln. Die Frau bleibt freundlich, aber klar: «Completo» - Ausgebucht!

Ich sinke auf einen Campingstuhl und muss mich erst einmal beruhigen. Wenigstens dürfen wir die Handys aufladen und das WLAN benutzen, um im Internet nach einer Alternative zu suchen. So entsteht die Idee, mit der Fähre zur Halbinsel Santoña zu fahren, wo es einen weiteren Campingplatz gibt. Vorsichtshalber rufen wir dort an und fragen, ob sie Platz haben. Das haben sie und Hunde sind auch willkommen. Das wäre die Lösung. Aber die letzte Fähre fährt um 20.00 Uhr. Uns bleibt nur eine dreiviertel Stunde, um zur Anlegestelle zu gelangen. Zu Fuss reicht es nicht. «Mit Uber», schiesst es mir durch den Kopf und sofort öffne ich die App und bestelle ein Fahrzeug. Hektisch brechen wir auf, um auf der Strasse auf das Auto zu warten. Nach einer Weile kommt auf dem Handy die Meldung, dass sich die Fahrt verzögert, weil alle Fahrer besetzt seien. Weitere Minuten verstreichen, dann wird meine Bestellung storniert. «Wir nehmen den Bus», ruft Daniel und wir packen die Rucksäcke und suchen die Haltestelle. Doch niemand kann uns sagen, wo der Bus zur Fähre abfährt. Inzwischen ist es kurz vor 20.00 Uhr. Ich will immer noch nicht aufgeben, stelle mich beherzt an den Strassenrand und halte den Daumen raus. Wir müssen diese Fähre kriegen. Niemand hält. Dann läuft die Zeit ab. Die Fähre ist weg. Damit auch der Schlafplatz. Niedergeschlagen kehren wir ins Stadtzentrum zurück. Ich bin neidisch auf all die Touristen, die sich da tummeln und die sich vermutlich heute Abend in ein Bett legen können. Für einen Moment ahne ich, wie es sich anfühlen muss, obdachlos zu sein. Kein Ziel zu haben, nicht zu wissen, wo man sicher ist und schlafen kann. Wir kommen an einem Hotel vorbei. Daniel geht hinein und fragt, ob sei ein freies Zimmer haben. 180 Euro kostet es, aber das ist mir jetzt egal. Wir brauchen ein Nachtquartier. Dann aber kommt der Satz, den ich bald nicht mehr hören kann: keine Hunde!

«Lass uns erst einmal was essen», schlägt Daniel vor und so setzen wir uns auf die Hotelterrasse, wo wir trotz des Hundes geduldet sind und bestellen. Was auch immer die Nacht bringen wird, mit vollem Magen ist es sicher leichter zu ertragen. Mangels Sprachkenntnisse bestelle ich versehentlich zwei Hauptgerichte, von denen ich nicht einmal die Hälfte hinunterkriege. Daran zeigt sich meine innere Aufregung. Ich entschuldige mich beim Kellner, der die halbvollen Teller abräumt. Dann nehme ich das Necessaire aus dem Rucksack und verschwinde auf der Toilette, um wenigstens die Zähne zu putzen. Auf das Duschen werde ich wohl verzichten müssen. Wir zahlen und gehen, ohne richtig zu wissen wohin. Unschlüssig schlendern wir zum Strand, an dem sich am frühen Abend noch hunderte von Menschen getummelt haben. Doch jetzt ist erstaunlich ruhig, keine Partystimmung, wie wir befürchtet hatten. Das Meer rauscht, in der Dämmerung kann man noch ein paar Schiffe erkennen, die nach irgendwohin unterwegs sind. Eigentlich eine schöne Stimmung. Weil das Wildcampen in Spanien offiziell verboten ist, lassen wir das Zelt im Rucksack und suchen hinter einer Düne einen geschützten Platz. In meiner Phantasie sehe ich schon die Polizisten vor mir, wie sie uns mit der Taschenlampe ins Gesicht leuchten und lauthals wegschicken. Aber ausser ein paar Hundebesitzern, die mit ihren Tieren noch Gassi gehen, ist niemand zu sehen. Also wagen wir es und machen unauffällig ein Nachtlager zurecht. So sehr ich mich auch bemühe, es dauert nicht lange und alles ist sandig. Überall ist Sand: im Schlafsack, auf der Haut und sogar in den Zähnen. Ich hasse das, aber jetzt muss ich da durch. Daniel schläft gleich ein. Ich beneide ihn. Neva und ich finden keine Ruhe. Wir checken noch die Lage und halten gemeinsam Wache. Irgendwo piepst etwas. Neva hört es und beginnt zu bellen. Daniel schreckt aus dem Schlaf. «Alles gut», sage ich, «da war nur irgendein Tier». Ich liege da, höre das Meer und sehe die Sterne über mir. «Eigentlich ganz schön», denke ich. Und für einen Moment bin ich ihr dankbar, dass wir hier im Sand liegen und ich direkt den Sternenhimmel über mir habe. Dann aber bemerke ich die Feuchtigkeit, die sich auf dem Schlafsack ausbreitet. Aussen ist er vom Tau bereits feucht. Zum Glück ist es innen noch warm und trocken. Irgendwann schlafe ich doch ein bis Neva sich regt und schüttelt und sich mehrmals um die eigene Achse dreht. Dabei verheddert sie sich in der Leine, mit der ich sie vorsichtshalber am Rucksack angebunden habe. Noch halb im Schlaf löse ich den Verschluss, um ihr wieder Freiraum zu geben, was sie dann auch nutzt. Schneller als ich denken kann, rennt sie auf und davon in die dunkle Nacht hinein.

Ihre Decke ist feucht. Vermutlich hat sie gefroren und muss sich bewegen. Leise rufe ich nach ihr, ohne zu viel Aufmerksamkeit auf mich ziehen zu wollen. Wer weiss, wer sich hier sonst noch rumtreibt. Doch Neva kommt nicht. Panik steigt in mir auf. Ich befreie mich aus dem nassen und sandigen Schlafsack und suche im Dunkeln meine Schuhe. Um ein Haar wäre ich dabei auf meine Brille gestanden, die ich erst im letzten Augenblick bemerke. Beinahe hätte nicht nur der Sand, sondern auch sie geknirscht. Ich suche den Hund, laufe am Strand auf und ab und halte Ausschau nach einem schwarzen Lebewesen. Nichts. Ich renne zurück zum Schlafplatz, von wo aus Daniel die Misere verfolgt. Er gibt mir Nevas Quietschball, den sie liebt und der uns auf unserer Reise mehrmals zum Lachen gebracht hat. Denn jedes Mal, wenn ich den Rucksack aufgesetzt habe, gab der Ball darin ein Quietschgeräusch von sich, was immer wieder lustig war.

Jetzt aber ist mir nicht zum Lachen. Wer weiss, wo der Hund hinrennt? Vielleicht findet er an diesem langen Strand auch gar nicht mehr zurück zu uns. Ich laufe im Sand hin und her und gebe dabei mit dem Ball immer mal wieder ein Quieken von mir. Endlich! Nach einer gefühlten Ewigkeit taucht ein ersehnter dunkler Schatten auf. Herbei rennt schwanzwedelnd ein froh gelaunter Hund, der sehr zum Spielen aufgelegt ist. Sie schaut mich und den Ball erwartungsvoll an und ist dann sehr enttäuscht, dass sie an die Leine und auch wieder zurück auf die Decke muss. Ich bin erleichtert, die treue Wandergesellin wieder zu haben!

Wir überstehen die Nacht und erleben den Zauber des Morgenrots am Strand. Endlich wird es hell und auch wieder wärmer. Daniel lässt es sich nicht nehmen und nimmt in den frühen Morgenstunden noch ein Bad im Meer. So gut es geht, schütteln wir den Sand aus unseren Sachen und packen zusammen. Im Licht des Morgens ist alles anders. Eine Stunde später sitzen wir frohgemut vor einem Restaurant und trinken Kaffee. Als der Rucksack beim Aufsetzen wieder seine Quietschtöne von sich gibt, kann ich wieder herzlich lachen.

17 Buen Camino

«Buen Camino», so tönt es aus aller Munde, wenn wir mit unseren Rucksäcken vorbeigehen. Von Jungen und Alten, von Joggern, Bikern, dem Kind auf dem Fahrrad und sogar von einem alten Mann mit Rollator, den wir überholen. «Buen Camino!» - einen guten Weg wünschen sie uns und unsere Antwort folgt wie das Amen in der Kirche: «Gracias!» Der Jakobsweg verbindet Menschen und das ist das, was mir daran gefällt. Er baut eine Brücke durch «zufällige» Begegnungen am Wegesrand. Und das nicht erst seit heute. Manchmal stelle ich sie mir vor, die Frauen und Männer der vergangenen Jahrhunderte, die hier gepilgert sind. Sicher waren Abenteurer dabei und solche, die in ihrer Heimat etwas verbrochen hatten und als Wiedergutmachung nach Santiago de Compostela mussten. Dort erhielt man für sich oder seine Nächsten dann einen Schulderlass. Doch nicht alle erreichten ihr Ziel. Auf dem Weg lauerten manche Gefahren, Viele sind ums Leben gekommen. Aber wer es geschafft hatte, kehrte sicher verändert zurück, denn das Unterwegssein prägt.

"Der Weg hat mein Leben verwandelt ", erzählt uns ein Italiener, der seit vielen Monaten mit dem Fahrrad unterwegs ist. Längst war er in Santiago angekommen, konnte aber nicht aufhören und fuhr mit seinem Rad weiter auf den zahlreichen Varianten, die es gibt. Wir treffen ihn vor einer Pilgerherberge und ich hätte zu gerne gewusst, wie genau das Unterwegssein ihn verändert hat. Warum er immer noch nicht nach Hause zurückkehren kann. Aber der Mann ist bereits im Aufbruch und so kann ich über seine Gründe nur spekulieren.

Sicher ist, dass während des Laufens sich etwas verändert. Bewegung, so heisst es so schön, bringt etwas in Bewegung. Die äussere Bewegung bewirkt auch eine Bewegung im Inneren. Darum hat das Pilgern eine Faszination bis heute.

Aber wie ist das für mich? Zum vierten Mal bin ich jetzt auf dem Jakobsweg unterwegs. Ich bin hier, obwohl mich das viele Jahre abgeschreckt hatte, überzeugt davon, dass das nichts für mich ist. Viel zu viele Menschen und schrecklich volle Schlafsäle. Die gibt es natürlich wirklich. Mehr als einmal sind wir an riesigen Herbergen vorbeigekommen, an denen sich bereits um 14.00 Uhr eine Schlange von Menschen gebildet hatte, die alle dort schlafen wollten. In solchen Momenten war ich heilfroh um unser Zelt, das uns mehr Selbstbestimmung ermöglichte. Wir müssen uns zum Duschen nicht in die Schlange stellen oder spätestens um 8.00 Uhr morgens wieder auf der Piste sein. Wenn es uns irgendwo gefällt, bleiben wir. Vorbuchen tun wir nur selten und sind ungebundener.

Doch alles hat seinen Preis und wie die Geschichte in Laredo zeigt, ist natürlich auch unsere Variante nicht immer problemlos. Trotzdem liebe ich die Privatsphäre, die das Zelt uns gibt und bin dankbar für jene Begegnungen, wo wir Gastfreundschaft erleben. Natürlich kostet es Überwindung, einfach irgendwo zu klingeln, doch die Menschen sind weitaus freundlicher, als man es oft befürchtet. Fast immer hat uns jemand weitergeholfen.

Doch warum bin ich überhaupt hier? Warum laufe ich einen Weg, der so etwas wie ein Modetrend geworden ist und wo es streckenweise für meinen Geschmack viel zu viele Menschen hat? Wo die Infrastruktur für jeden Geschmack etwas bietet und man mit einem Rollkoffer reisen kann, der morgens bequem zur nächsten Unterkunft transportiert wird. Irgendwie bin ich in diese Pilgerszene reingerutscht. Erstmals unterwegs war ich vor vier Jahren, da habe ich meine Tochter ein Stück begleitet. So habe ich den Jakobsweg kennen und auch lieben gelernt und sogar den Mut gefunden, einige Wochen alleine unterwegs zu sein. Für mich, die ich nicht gut Karten lesen kann, ist der Jakobsweg mit seiner Ausschilderung ideal. Da muss ich nur der Muschel oder dem gelben Pfeil nachlaufen. Meistens zumindest. Der Weg ist so etwas wie ein Gefäss und das hilft mir, mich überhaupt aus der Komfortzone zu wagen und das Fernwandern auszuprobieren. Ich liebe dieses Unterwegssein, weil ich alles dabeihabe, was ich brauche. Und es braucht nicht viel. Weil ich überall anhalten kann, um etwas zu essen oder um zu bleiben. Es ist so ein schönes Gefühl, morgens den Rucksack aufzuziehen und wieder loszuziehen, gerade ohne zu wissen, was der Tag bringt. Abends komme ich irgendwo an und weiss, dass ich morgens wieder gehe. Ich schlage keine Wurzeln im Äusseren, dafür in mir selbst.

Ich laufe und laufe und laufe. Mehr gibt es nicht zu tun. Es ist so simpel und schlicht. Laufen, essen, schlafen; das ist mein Programm und gibt den Tagen eine Struktur. Eigentlich bin ich immer beschäftigt. Es ist anstrengend, aber ich bin nicht gestresst. Ich habe keine Termine, die ich einhalten muss. Ich muss heute nichts Kluges sagen oder tun. Ich kann einfach sein und staunen beispielsweise über die vielen Spinnennetze, die im Morgentau so wunderschön glänzen. Wenn wir in eine Stadt kommen, gehe ich ungerührt an den Läden vorbei. Mögen die Rabatte noch so verlockend sein, Shopping liegt beim Pilgern nicht drin und ausserdem habe ich alles, was ich brauche.

Natürlich holen mich im Unterwegssein auch Ängste ein. Oder wieder einmal kommen die Zweifel, die alles in Frage stellen. So geschehen am gestrigen Nachmittag, als ich auf dem nassen Weg ausrutschte und im Matsch landete. Es ist nicht so, als wäre ich dauernd tiefenentspannt und über allem erhaben. Heute Morgen war ich ziemlich wütend und habe mich geärgert über all jene Mitmenschen, die ihre Getränkedosen und ihren Plastikmüll einfach aus dem Auto werfen und auf der Strasse entsorgen. Und ich nerve mich über all jene Touristen, die in ihren klimatisierten Fahrzeugen sich überall durchdrängen, um so wenig wie möglich laufen zu müssen.

Selbst unter engen, langverheirateten Wanderkollegen herrscht nicht immer eitler Sonnenschein. Da blitzt es auch, beispielsweise als lange schon klar war, dass es im Laufe des Tages regnen wird und der liebe Gatte seinen Poncho trotzdem ganz zuunterst im Rucksack hatte. So muss er dann mitten im Regenguss alles herauskramen und ins Nasse legen, bis er an den Poncho rankommt. Spätestens als die Tropfen ihm in den Kragen rinnen, hat er natürlich seinen Fehler selbst erkannt und bereut. Dennoch liess ich mich verführen, ihm Vorhaltungen zu machen und zu fordern, dass er das nächste Mal gefälligst professioneller packen soll. Das war nicht gerade empathisch und führte dazu, dass wir die nächsten beiden Kilometer getrennt voneinander liefen – beide vor sich hin schmollend. Glücklicherweise wartet er an der nächsten Abzweigung und das war dann die Gelegenheit, mich zu entschuldigen. Der Ausdruck «professionell packen» ist seitdem unter uns ein geflügeltes Wort geworden.

Vieles bleibt sich beim Pilgern gleich, so wie es halt auch im Alltag ist. Und trotzdem ist es anders. Es bleibt weniger Raum, um eine Geschichte aufzubauschen oder etwas zu dramatisieren. Man ist aufeinander angewiesen, alles ist ein bisschen existentieller. Zudem ist die Natur eine gute Lehrmeisterin, um innerlich in die Gegenwart zu kommen. Ich gehe, setze dabei einen Fuss vor den anderen. Innerlich kaue ich noch an irgendeiner vergangenen Geschichte herum, die mir gerade in den Kopf geschossen war. Und da sehe ich ihn, den kleinen schwarzen Käfer, der meinen Weg kreuzt. Fast wäre ich auf ihn draufgestanden. Wohin der wohl will? Ich passe auf und laufe an ihm vorbei. Jedes Lebewesen will leben. «Buen Camino», rufe ich ihm in Gedanken nach und bin wieder ganz im Hier und Jetzt.

18   You are loved

Im Drüber gehen entdecke ich den Stein, auf dem jemand für die Nachkommenden eine Botschaft hinterlassen hat. In Grossbuchstaben steht der Satz: YOU ARE LOVED - Du bist geliebt.

«Was soll das denn?», denke ich. Und gleich meldet sich eine zweifelnde Stimme in meinem Kopf, die solche Botschaften abschätzig für Liebesgesülze hält. «Aber selbst wenn», kontert plötzlich eine zweite, mildere Stimme, «es ist doch schön, geliebt zu sein.»

«Wer bitteschön liebt da wen?», fragt die kritische Stimme zurück. «Ich weiss es nicht», antwortet die Zweite. «Denkst du dabei an Gott?», hakt die Erste leicht ironisch nach.

«Was für ein grosses Wort», mischt sich nun eine dritte Stimme in die Debatte ein, in eine Auseinandersetzung, die sich in meinem Denken abspielt. «Das Wort Gott wird viel zu oft missbraucht.»

«Genau», bestätigt die Zweiflerin in mir. «Die Leute meinen zu wissen, was Gott bedeutet und wissen im Grunde doch nichts.»

«Klar, weiss man nicht viel», gibt die mildere Stimme zu.

«Aber sicher hat Gott mit Liebe zu tun.»

You are loved! Der Satz provoziert mich und löst eine ganze Debatte in mir aus. Ein Teil in mir möchte einfach weitergehen und den Stein hinter sich lassen. «Hat halt irgendjemand geschrieben, der gerade auf einem religiösen Tripp ist.»

Aber da gibt es auch die Sehnsucht in mir, angenommen und geliebt zu sein von etwas Grossem, das dem Leben in all seinen Widersprüchen Geborgenheit und Halt gibt.

Es ist egal, was jemand mit diesem Satz bezweckte. Ich nehme ihn einfach als Geschenk, wie auch anderes am Wegesrand. In den Gedanken, Ängsten und Sorgen, die beim Laufen gerade in mir waren, wird der Satz zur Erinnerung, dass mein Leben mehr ist, als mein Hirn mir vormacht. I am loved. Ich bin geliebt. Es gibt etwas, das mich hält. Alles, was mir entgegenkommt, steht unter der Verheissung, dass ich von etwas Grösserem, wie auch immer man es nennen will, geliebt und geborgen bin.

So bleibe ich einen Moment stehen und betrachtet den schlichten Stein mit seiner besonderen Botschaft. Ich bitte die Zweiflerin in meinem Inneren, nicht abschätzend zu urteilen und nehme das Geschenk an. Das schafft Ruhe in mir.

19   Nicht beherrschen wollen

Vor dem Einschlafen liest Daniel einen Text aus dem Taoteking, jenem Weisheitsbuch, das wir für unser Reise wie einen spirituellen Führer mitgenommen haben. Heute Abend lautet der Impuls:

"die Sachen wachsen lassen

nicht beherrschen wollen

nicht für einen selber sollen sie wachsen

sondern für das was sie sind."[6]

Sachen nicht beherrschen wollen. Die Dinge nehmen, wie sie sind. Konzepte machen, um sie dann wieder verwerfen zu können. JA sagen zu dem, was ist. Das passt zu unserer Reise. Immer wieder kommen wir an den Punkt, wo wir einsehen müssen, dass wir nicht viel kontrollieren können, wo unsere schön geschmiedeten Pläne versanden. Ein paar Beispiele: es regnet, darum müssen wir die geplante Route ändern, denn der Weg an der Küste ist nass und damit gefährlich. Oder: ich will

---

[6] Steindl-Rast, David und Nill Balts (Hg.): Der Fliessweg. Gedanken zum Daodejing des Laozi. Innsbruck 2024. S.28.

auf Nummer sicher gehen und kaufe im ersten grossen Supermarkt grosszügig Lebensmittel und Hundefutter. Stolz denke ich, dass wir jetzt vorgesorgt haben. Doch wir schleppen die schweren Sachen drei ganze Tage mit uns herum, an denen wir an vier weiteren Läden vorbeikommen. Es wäre leichter gewesen, die Sachen nach und nach einzukaufen. Anders die Geschichte mit der Wäsche: im Führer stand, dass es hier auf dem Campingplatz eine Waschmaschine hat. Unser Plan war, heute Abend alles auf einmal zu waschen. Aber als wir ankamen, erklärte man uns, dass die Maschine kaputt ist. So lerne ich, dass sich halt am Ende doch nichts kontrollieren lässt, dass es keine Sicherheiten gibt. Ich muss die Dinge nehmen, wie sie sind. Den Hund kann ich nicht zwingen, genau jetzt zu trinken, nur weil es an diesem Brunnen günstig ist. Ebenso kann ich das Handy nicht mehr als zu hundert Prozent aufladen, obwohl ich endlich eine Steckdose gefunden habe. Auch meinem Körper kann ich nicht befehlen, dieses Klo jetzt auszunutzen, weil wir gerade daran vorbeikommen. Ich muss die Dinge wachsen und geschehen lassen. Beim Pilgern kann man nicht horten, weder Lebensmittel noch Sicherheiten. Es bleibt nur der Weg ins Vertrauen, dass uns letztlich immer das entgegenkommt, was wir brauchen. Meine Vorstellungen darüber, wie irgendetwas zu sein hat, bringen wenig. Die kann ich getrost fallen lassen, denn es wird immer anders kommen, als ich gedacht habe. Den ganzen Morgen habe ich z.b. auf einen Pausenplatz gehofft, wo wir am Mittag Kleider und Zelt trocknen können. Dabei habe ich mir als Wäscheleine einen langen hölzernen Zaun vorgestellt. Nun bin ich enttäuscht, weil wir nichts in dieser Art finden. Stattdessen kommen wir aber an einem verlassenen Spielplatz vorbei. Erst auf den zweiten Blick erkenne ich, dass sich die Klettergerüste und Schaukeln ebenfalls dafür eignen. Pilgern will uns lehren, das zu beachten, was uns entgegenkommt. Also nicht am Spielplatz vorbeizugehen, nur weil ich einen Zaun suche. Nicht im Suchen hängen zu bleiben, sondern offen zu sein fürs Finden. Heute Abend hat der Text des Taoteking mich gefunden. Wieder einmal die Einladung, die gemachten Pläne loszulassen und mich vom Leben neu überraschen zu lassen.

20 Analoger Sonnenaufgang

Es wird Zeit für einen Ruhetag und den wollen wir in Santander verbringen, der Hauptstadt von Kantabrien. Tatsächlich finden wir im Internet eine private Herberge, in der auch Neva willkommen ist. Eine seltene Gelegenheit, um mal wieder in einem Bett zu schlafen. Wegen der Sache mit den Hunden habe ich mittlerweile die Vermutung, dass man in Spanien ein zwiespältiges Verhältnis zu den Vierbeinern hat. Vor fast jedem Haus hat es einen Zaun, hinter dem man ausgiebig angebellt wird. Und kaum ein Hof, an dem die Hunde nicht an einer Kette angebunden sind, um vor Eindringlingen zu schützen. Beim Vorbeigehen kommt einem die ganze Wucht an geballter Aggression entgegen. In den Städten sieht man sie zusammen mit Frauchen und Herrchen, vom rausgeputzten Schosshündchen bis zum grossen Familienhund. Hier scheinen alle einen Hund zu haben und trotzdem sind sie in den Hotels und an vielen Campingplätzen unerwünscht. Umso erleichtert sind wir jetzt, dass wir in Santander eine Unterkunft gefunden haben. Doch sie liegt ausserhalb und darum nehmen wir den Bus. Endlich angekommen, stellt sich heraus, dass bei unserer Buchung etwas schief gegangen ist. Wir können nur für eine Nacht bleiben, statt wie geplant zwei. Damit ist der Besuch in der Stadt hinfällig. Dafür entscheiden wir uns anderntags an der Küste weiter zu gehen, um nicht wieder auf die andere Stadtseite zurückzumüssen. Damit verlassen wir den Jakobsweg für ein paar Tage. Eine gute Entscheidung, denn die Etappe verläuft an einer schönen Strecke mit viel Aussicht auf das Meer. Zum Schlafen finden wir einen Campingplatz, wo ich nach dem Aufbau und der Dusche müde in den Schlafsack krieche, während Daniel noch die Gegend erkundet. Als er zurückkommt, berichtet er, dass nur wenige Meter entfernt ein wunderschöner Strand sei. Klein, aber durch die Klippen von einer bizarren Schönheit. Wir entscheiden, den Ruhetag hier nachzuholen. Seine Begeisterung für den Strand macht mich neugierig. In der Frühe stehen wir gemeinsam auf, um dort den Sonnenaufgang anzusehen. Ganz alleine sind wir dort und es ist wirklich zauberhaft schön. Die Sonne kommt und leuchtet wie ein roter Ball am Horizont. Ich will sie fotografieren und greife in die Tasche, um mein Handy rauszuziehen. Dann erinnere ich mich, dass ich es beim Ankommen an der Rezeption gelassen habe, um den Akku aufzuladen. Und dort liegt es immer noch. Für einen Moment fällt es mir schwer, einfach nur da zu sitzen und das Schauspiel zu geniessen, ohne es festhalten zu können. Ich brauche einen Moment, um von der Enttäuschung aufs Geniessen umzuschalten und das schöne Schauspiel mit dem Herzen aufzunehmen. Dann aber gelingt es und staunend betrachte ich das Farbspiel, das die Sonne im Meer hinterlässt. Es entsteht eine richtige Leuchtstrasse. Ihren Glanz hätte die Kamera sowieso nicht wirklich aufnehmen können. Manches ist und bleibt ein Geschenk für den Moment, das wir nur im Hier und Jetzt empfangen können. Zurück im Zelt, lege ich mich noch einen Moment aufs Ohr. Auf dem Platz ist es noch ruhig, eine gute Gelegenheit also, um noch etwas zu dösen. Heute ist ja Erholungstag. Doch bald kommen die Gedanken, wie das heute mit dem Essen gehen soll. Unsere Vorräte sind aufgebraucht. Wir haben nur noch eine Portion Hundefutter, die eiserne Notration. Und auch unsere Lebensmittel sind fast aufgebraucht. Ein Erholungstag ohne Essen ist keine richtige Erholung, finde ich. Der Campingplatz liegt wunderschön, aber es gibt hier nichts zu kaufen. Zum nächsten Laden sind es mindestens drei Kilometer. Also insgesamt sechs, weil man ja auch wieder zurückmuss. In meiner Vorstellung sehe ich ein Frühstück mit frischem Brot, Obst, Joghurt und Käse. Das verführt mich aufzustehen und den Weg auf mich zu nehmen.

In der Zwischenzeit hat Daniel an der Rezeption eine weitere Nacht gebucht. Doch dafür müssen wir innerhalb des Platzes umziehen, weil unserer vorgängig schon reserviert wurde. Während Daniel unsere Sachen packt, um das Zelt zu versetzen, ziehe ich los. Das Frühstück heute will erarbeitet sein. Damit das Jammern darüber keine Chance hat, stecke ich die Stöpsel in die Ohren und höre mein Hörspiel. Die Geschichte ist spannend und so vergehen die Meter im Nu. Als ich den Einkaufsladen betrete, staune ich. Allein er war meinen Frühsport wert. Auf kleinster Fläche bietet der Laden ein unglaubliches Sortiment. Ich staune, was sich in den wenigen Quadratmetern alles befindet: Badelatschen, Bikini, Werkzeug, Glühbirnen, Elektrogeräte, Sonnenschirme, Schlafanzüge, Campingstühle und sogar Schildkrötenfutter. All das brauche ich nicht, aber ich finde alles, was wir für ein gutes Frühstück und mittags zum Kochen benötigen. Heute werden wir fein essen. Nichts gegen Daniels Spezialsalat, der gestern aus der Not geboren wurde, in den er den Rest einer Gurke und zwei lädierte Tomaten mit Chips-krümeln vermischte, die das Tragen im Rucksack nicht heil überstanden hatten. Eine spannende Kombination und nicht einmal schlecht. Aber heute wird so richtig geschlemmt!

21 Loblied auf den Wanderstock

Weil man immer die gleichen Bewegungsabläufe wiederholt, hat das Laufen etwas Meditatives. Meine beiden High-Tech-Wanderstöcke sind in den Wanderwagen eingespannt. Darum stütze ich mich seit Irun auf einen Haselnussstock, der einen Wurzelknauf als Griff hat und unten mit einer Stahlspitze versehen ist. Eigentlich war der Stock mal ein Geschenk für Daniel, aber auf dieser Reise versieht er seinen Dienst bei mir. Mit ihm haben nicht nur die Füsse, sondern abwechselnd auch die beiden Hände ihren eigenen Bewegungsablauf. Daran gewöhnte ich mich und begann den neuen Begleiter lieb zu gewinnen. Nach jedem Schritt gibt er beim Aufstellen ein «Tock» von sich und mit der Zeit wurde das Tock-Geräusch wie ein Rhythmus, der mich zum Singen und Dichten motivierte.

Dabei entstand die folgende Ode:

Er ist mir wie ein drittes Bein

ich fall in keine Pfütze rein

Die Finger halten fest am Band

der Griff liegt gut in meiner Hand

er tut mich auch beschützen

für vieles kann ich ihn benützen

Geduldig hat er mich ertragen

ein Freund in allen Lebenslagen

Beim Gehen gibt er ständig Laut'

und dieses Tock ist mir vertraut.

Tock tock tock - eine Ode auf meinen Stock

22 Durch den Widerstand hindurch

Heute hat er mich wieder eingeholt, der Pilgerblues. Nun nützen auch die Ohrstöpsel nicht mehr viel. So schön es an manchen Tagen aus sein mag, ich bin der Widerstände überdrüssig. Der Rücken tut mir weh, irgendwie muss ich in der Nacht falsch gelegen sein. Drei Wochen bleiben noch, dann muss Daniel wieder nach Hause. Dieses Mal kann ich mir nicht vorstellen, alleine weiterzulaufen. Ohne Spanischkenntnisse und mit Hund ist mir das viel zu kompliziert. Selbst wenn Daniel den Hund mitnähme und ich in Herbergen übernachten könnte, wäre es nicht einfach. Gestern trafen wir einen jungen Mann, der berichtete, dass er heute zu den vorgesehenen 28 Kilometern noch 11 weitere laufen muss, weil er nichts gefunden habe. Auf dem Nordweg traue ich mir das Weitergehen alleine nicht zu.

Und so bleibt die Frage, wie weit wir gemeinsam laufen möchten. Denn bis Santiago reichen drei Wochen nicht. Nicht bei unserem Tempo. Was will ich eigentlich überhaupt? Wenn von Santiago de Compostela die Rede ist, bekommen manche Pilger so einen eigenartigen Glanz in den Augen. Doch das Santiago Fieber lässt mich immer noch ungerührt. Ich weiss eigentlich gar nicht, was ich da will. Santiago ist halt das Ziel und Teil des Gefässes für meine Reise. Erschöpft und mit Rückenweh fühlt sich das Unterwegssein nicht lustig an. Sollen wir aufhören und irgendwo einfach bleiben und Ferien machen? Das fühlt sich ein bisschen wie Versagen an, obwohl ich ja nicht aufgebrochen bin, um etwas zu leisten oder zu beweisen. Ein Hotelzimmer wäre jetzt ganz gut, um zu ruhen und dann ausgeschlafen zu entscheiden, wie wir weitermachen. Und es gab auch eines auf unserem Weg, aber das war leider schon belegt. So müssen wir weiter und auch noch direkt an der Strasse. Auf einem Schild wird in fünf Kilometern ein Park angekündigt. Vielleicht können wir da unser Zelt aufstellen. Es ist ein grosser Picknickpark, mit zahlreichen Grillstellen und Holzbänken. Um nicht aufzufallen, kochen und essen wir erst einmal. Besser ist es, das Zelt erst in der Dämmerung aufzustellen. Es gibt Gemüsesuppe aus einer Packung, die wir seit Beginn unserer Reise als Notvorrat mit uns tragen. Am Brunnen können wir das Geschirr waschen und auch die Zähne putzen. Immer noch kommen Leute in den Park, die dort mit ihrem Hund eine Abendrunde drehen. Endlich wird es ruhiger. Wir können aufbauen. Aber meine Schmerzen sind in der Zwischenzeit so stark, dass ich mich fast nicht mehr bewegen kann. Es fühlt sich ganz wie ein Hexenschuss an. Daniel ist mega fürsorglich. Sobald das Innenzelt steht, breitet er meine Matte aus und schickt mich hinein. Liegend mache ich ein paar Übungen, um den Rücken zu entspannen. Im Erste-Hilfe-Beutel finde ich noch Schmerztabletten, dann krieche ich den Schlafsack. Diese Nacht noch, dann fahre ich nach Hause.

Aber als ich aufwache ist alles anders. Es war eine ruhige Nacht und seit langem fühle ich mich erstmals ausgeschlafen. Fast wie ein kleines Wunder, aber vom Pilgerblues ist nichts mehr da. Zwar schmerzt der Rücken immer noch ein bisschen, aber es ist viel besser als am Abend zuvor. Meine Pilgerfreude ist wieder da. Noch ein Kaffee und dann kann`s losgehen!

23 Ningún problema - (K)ein Problem

Santillana del Mar wird auch Ort der drei Lügen genannt, denn der Name trügt. Die Stadt ist weder heilig (santa), noch flach (llana), noch liegt sie am Meer (al mar). Ihr mittelalterliches Gepräge lockt die Touristen in Scharen an. Schnell merken wir, dass wir mit dem Wagen und dem Hund überall im Weg sind. Wir flüchten in eine Bar, wo Daniel und ich uns mit der Besichtigung der Stadt abwechseln. Während Hund und Wagen versorgt sind, die Handys an ihren Aufladekabeln hängen, ist immer einer von uns unterwegs. Daniel besorgt uns die Stempel für die Pilgerausweise und ich die Einkäufe. Dann essen wir gemeinsam und ziehen gegen 13.00 Uhr mit vollen Handyakkus weiter. Ich bin froh, dem Touristengewusel zu entkommen. Beim nächsten Halt kümmern wir uns um die Übernachtung. Wir wollen bis nach Cóbreces und finden Dank Reiseführer auch die Nummern der dortigen Unterkünfte. Der erste Anruf ist schnell erledigt. No perros! Bevor wir nachhaken können, ob sie vielleicht einen Garten haben, in dem wir zelten könnten, hat die Frau schon aufgelegt.

Beim zweiten Mal probiert Daniel es in der Herberge der Zisterzienserabtei. Es dauert länger, bis jemand abnimmt. Daniel versucht, in der fremden Sprache unsere Situation zu erklären. Der Mönch am anderen Ende redet schnell, viel zu schnell. Daniel fragt, ob es ein Problem sei, wenn wir mit dem Hund kämen. Der Mönch antwortet: «no, ningún». Dann legt er auf. Wir schauen uns verblüfft an. Es scheint überhaupt kein Problem zu sein, dass wir einen Hund mitbringen. Toll, dann haben wir für diese Nacht unseren Platz gefunden. Erleichtert brechen wir nach Cóbreces auf, im Rucksack sechs frisch geerntete Äpfel, die ein spanischer Bauer am Wegrand uns entschieden in die Hand drückt. Und es kommt zu einer weiteren schönen Begegnung. Spontan werden wir von einer spanischen Familie eingeladen. Gemeinsam sitzen wir auf ihrer Terrasse und die Gastgeber schenken kaltes Wasser mit Zitronen aus. Die Zitrusfrüchte, so erzählen sie stolz, stammen von den eigenen Bäumen. So erfahren wir auch, dass die kantabrische Küste früher wegen ihrer Zitronen beliebt war. In der Zeit der Conquista haben die Schiffe vor ihrer Reise ins mittel- oder südamerikanische Festland sich hier mit

Zitronen eingedeckt. Die waren nämlich ein bewährtes Mittel gegen Skorbut. Die Zitronen sind wirklich gut, die Geschichte des Kolonialismus weniger. Aber die Begegnung mit der spanischen Familie ist herzlich. Wir reden auch über den Jakobsweg und unsere Gastgeberin zeigt uns den Pfad, der ein paar Meter neben ihrem Grundstück durch den Wald verläuft. Sie erzählt, dass der ursprüngliche Jakobsweg hier verlief und dass bereits die Römer ihn benutzten. Wir sind uns einig, dass es schade ist, dass so grosse Teile dieses alten Weges heute asphaltiert sind und entlang einer Strasse führen.

Inzwischen ist es spät geworden und bis zur Klosterherberge sind es noch 3,5 Kilometer. Wir müssen dringend weiter. Als wir dann in Cóbreces sind, finden wir die Klosterherberge nicht. Endlich treffen wir auf einen Mönch, der kurz angebunden erklärt, dass die Herberge nicht mehr existiert. Sie habe bereits vor zwei Jahren zugemacht. Daniel erklärt, dass man ihm heute Nachmittag am Telefon gesagt habe, dass es kein Problem sei, wenn wir hier schlafen. Doch der Mann schüttelt den Kopf und geht weiter. Ratlos bleiben wir an der Pforte stehen. «Ruf doch noch mal da an, wo du die Zusage bekommen hast», schlage ich vor. Eventuell war das ja gar nicht hier. Daniel ruft an und ganz in der Nähe klingelt ein Telefon. Zufall? Er probiert es noch einmal und wiederum ertönt das Klingeln aus dem Pförtnerhäuschen. Und da dämmert es ihm. «No, ningún», hatte der Mann am Telefon gesagt und damit die Herberge und nicht das Problem mit dem Hund gemeint. Es gibt hier überhaupt keine Herberge! Daniel ärgert sich über sich selbst, weil er das völlig falsch verstanden hat. Dabei spricht er in der Zwischenzeit richtig gut spanisch und mehr als einmal war ich dankbar für seine Sprachbegabung. Doch es ist anspruchsvoll in einer fremden Sprache zu telefonieren und es braucht auf der anderen Seite einen Menschen, der langsam spricht und sich Zeit nimmt. Das war hier nicht der Fall. Enttäuscht verlassen wir das Kloster und gehen weiter zur Pfarrkirche, ein markantes rotes Gebäude. Es ist 21.30 Uhr. Alle drei sind wir erledigt und es fehlt uns die Kraft, um weiter zu laufen und noch woanders unser Glück zu versuchen. Wir sind es auch leid, noch einmal abgewiesen zu werden. «Lass uns hierbleiben», schlage ich vor und so bauen wir das Zelt frech hinter der Kirche auf. Mir ist inzwischen alles egal. Wenn`s jemand stört, soll er halt kommen. Und tatsächlich taucht aus einem grossen Gebäude nebenan ein junger Mann auf, der besorgt zu uns rüber schaut. Daniel geht hin, um mit ihm die Situation zu erklären und erfährt, dass heute Nacht mehrere Autos vorbei an der Kirche (und unserem Zelt) zu diesem Gebäude fahren werden. Der Mann, vermutlich der Hausmeister, bittet uns darum das Zelt wieder abzubauen. Er schlägt uns den nahegelegenen Spielplatz vor. Den schauen wir uns auch an, aber der Boden dort ist abschüssig und zum Campen ungeeignet. Nun ist Daniel an einem Tiefpunkt und es liegt an mir, ihm Mut zu machen. Als wir uns notgedrungen aufraffen, das Zelt wieder abzubauen, erscheint der junge Mann wieder. Dieses Mal wirkt er entspannter. Er erklärt, dass er soeben mit seinem Chef telefoniert habe und wir bleiben dürfen. Ich sehe ihm die Erleichterung an. Vermutlich hatte er Mitleid mit den müden Wanderern. «Wenn ihr schnell macht», fügt er noch hinzu, «könnt ihr auch duschen.» Was für eine Wendung! Als wir kurz darauf frisch geduscht im Zelt liegen, kommt er noch einmal. Dieses Mal mit einer grossen Tüte voller Lebensmittel.

Mit einem Gutenachtgruss stellt er sie vor unser Zelt und geht wieder. So haben wir zwar nicht im Kloster, dafür ganz in der Nähe herzliche Gastfreundschaft erfahren. Wir durchleben eine unruhige Nacht. Als wir einschlafen möchten, geht plötzlich ein grosser Scheinwerfer an, der direkt auf unser Zelt und das Kirchengebäude strahlt. Drin ist es auf einmal taghell. Daran hatten wir beim Aufbau nicht gedacht. Mit unseren Halstüchern verbinden wir uns zum Schutz die Augen. Doch dann kommen die angekündigten Autos, eines nach dem anderen fährt nahe an uns vorbei. Mir ist etwas mulmig zumute und ich hoffe, dass uns niemand übersieht. An Schlaf ist nicht zu denken. Als nach Mitternacht endlich alle Autos durch sind, wird Daniel unruhig und verlässt mehrmals das Zelt. Jedes Mal kommt er noch bleicher zurück. Am Morgen wäre ich gerne noch etwas länger liegen geblieben, aber bereits um 7.00 Uhr war der Tross der Fahrzeuge wieder im Anmarsch. Dieses Mal in die andere Richtung. Keine Ahnung, was die alle so spät oder so früh gemacht haben. Wir räumen jedenfalls den Schlafplatz und brechen auf. Daniel auf wackligen Beinen und ich bin in Sorge um ihn.

24 Einfach nur mühsam

Es ist 12:30 Uhr und wir sind immer noch in Cóbreces. Daniel ist krank. Trotzdem hatten wir versucht, weiter zu laufen, wenigstens die fünf Kilometer bis zum nächsten Campingplatz. Es wäre ein schöner Weg, direkt entlang der Küste. Doch unten am Strand, nach nur wenigen Metern geht es für uns schon nicht mehr weiter. Daniel geht es schlecht und er muss sich hinlegen. Abseits vom Strandgewimmel finden wir ein ruhiges Plätzchen, wo er unter den Bäumen im Schatten liegen kann.

Als er wieder wach wird, bitte ich ihn beim Campingplatz anzurufen, damit wir wissen, ob Hunde dort erlaubt sind. Weiter als dorthin schaffen wir heute nicht. Doch der Mann an der Rezeption redet am Telefon wiederum so schnell, dass Daniel ihn nicht gleich versteht. Als er den Mann bittet, es noch einmal langsamer zu sagen, hängt dieser genervt ab.

Aufs Geratewohl können wir nicht los. Daniel braucht dringend ein Bett. Darum probiere ich es per Internet nun bei den Hotels. Ohne Erfolg. Eine Ferienwohnung wäre noch für zwei Nächte und auch mit Hund zu haben. Sie ist zwar sündhaft teuer, aber wir haben keine Wahl. Ich buche. Das Appartement liegt direkt am Jakobsweg, allerdings 23 km weiter in San Vincente de la Barquera. Wir schauen nach einer Busverbindung und haben Glück. In einer Stunde gibt es einen, der direkt dorthin fährt. Endlich eine Perspektive. Sofort machen wir uns auf den Weg, um den Bus ja nicht zu verpassen. Mein Rucksack ist unerträglich schwer geworden. Das gut gemeinte Lebensmittelpaket, das uns gestern geschenkt wurde, drückt auf das Gewicht. Der Rückweg ins Dorf hoch ist darum sowohl für den kranken Daniel als auch für mich mühsam. Und mühsam bleibt es weiter. Die Haltestelle ist nicht gekennzeichnet und es braucht mehrere Anläufe, bis uns jemand Auskunft geben kann. Dann warten wir und bereiten uns für die Busreise vor: der Wanderwagen wird abgebaut, die Stöcke verstaut und Neva bekommt einen Maulkorb an, wie es in Spanien vorgeschrieben ist. Sie straft uns dafür mit einem Blick voller Verachtung. Die Zeit verstreicht, aber kein Bus kommt. Ob der Fahrplan aus dem Internet veraltet ist? Neva versucht, sich von ihrem lästigen

Maulkorb zu befreien und wälzt sich auf dem Boden. Ihre Unruhe steckt mich an und ich gehe auf und ab und halte dabei ungeduldig nach dem Bus Ausschau. Eigentlich hätte er schon vor 35 Minuten hier sein müssen. Allmählich verliere ich den Glauben, dass er überhaupt noch kommt. Darum nehme ich das Handy und suche die Nummer von einem Taxi. Weil ich nicht Spanisch kann, muss wiederum Daniel das Reden übernehmen. In dem Moment, wo er dem Taxifahrer erklärt, wo er uns findet, taucht der Bus auf. «Wir nehmen den Bus», sagt Daniel ins Telefon, entschuldigt sich und hängt ab. Und dann winken wir wie wild, damit wir nicht übersehen werden. Das Fahrzeug hält, die Fahrerin steigt aus und öffnet den Gepäckraum. Mein Rucksack ist so schwer, dass ich ihn nur mit grosser Mühe hineinwuchten kann. Doch kaum ist unser Gepäck verstaut, blickt die Fahrerin auf unseren Hund und erklärt, dass dieser nicht mitfahren darf. No perros!

Am liebsten würde ich jetzt schreien. Die Frau sagt, dass es ihr leidtue, sie sich aber an die Vorschriften halten muss. So räumen wir das schwere Gepäck wieder raus und setzen uns frustriert an den Strassenrand. Der Bus fährt ohne uns ab.

Kleinlaut rufen wir nochmals beim Taxiunternehmen an und erklären, dass wir wegen des Hundes im Bus nicht mitgenommen wurden. Der Fahrer will abwinken. Er habe gerade ein neues Auto und möchte darin keinen Hund transportieren. Das Tier könnte Dreck machen oder gar etwas verbeissen. «Unser Hund ist ganz lieb», erklärt ihm Daniel ruhig, «er wird sich während der Fahrt ganz ruhig auf den Boden legen und keinen Mucks machen.» Und das stimmt auch, denn so ist unsere Neva. Später im Taxi, bestätigt es uns dann auch der Fahrer. Unser Hund mache keine Probleme. Ich bin ihm so dankbar, dass er sich doch noch überreden liess. Ein freundlicher Mann, der uns während der Fahrt die Gegend erklärt. Was bin ich froh, endlich in diesem Auto zu sitzen. In San Vicente herrscht bei unserem Ankommen ein lebendiges Treiben. Man feiert ein Mittelalterfest und die Altstadt ist darum voller Marktstände und Menschen. Der Fahrer setzt uns in der Nähe unseres Appartements ab, wo wir uns mit den grossen Rucksäcken zwischen Bonbons und Seifen hindurchquetschen, um zur Eingangstür zu gelangen. Endlich sind wir da und haben einen eigenen Raum mit Badezimmer, Waschmaschine und kleiner Küche. Vom Dachfenster aus sieht man sogar das nahegelegene Meer. Die Wohnung liegt über unserem Budget, aber jetzt geniessen wir sie. Daniel verschwindet in die Dusche und gleich darauf ins Bett. Ich packe aus und verstehe, warum mein Rucksack heute so furchtbar schwer war. Das lag nicht nur am Hundefutter, das ich bereits in Santillana del Mar gekauft hatte, wo ich mangels Alternative einen 1,5 Kilogramm Sack nehmen musste. Es lag auch nicht an den Äpfeln, die mir auf dem Weg nach Cóbreces in die Hand gedrückt wurden. All das wäre noch tragbar gewesen, zumal das Zelt und der Kocher bei Daniel verstaut waren. Nein, es lag an der Tüte mit den Lebensmitteln, die uns der junge Hausmeister gestern Abend ans Zelt gebracht hatte. Ich habe es nicht fertiggebracht, ihm zu sagen, dass wir eigentlich gut mit Essen versorgt sind und uns lediglich der Platz zum Schlafen fehlte. Sein Gesicht war voller Freude gewesen und darum konnte ich sein liebgemeintes Geschenk nicht abweisen.

Aber als ich jetzt die Tüte aufmache und sehe, was er alles eingepackt hat, kann ich es kaum fassen.

Ich finde darin:

4 Joghurts

2 grosse Tomaten

4 abgepackte Croissants

6 kleine Portionen mit Margarine

12 Würste

2 Tafeln Schokolade

1 Packung Kekse

1 Liter Milch

1 Liter Orangesaft, sowie

4 kleine Halbliterflaschen Mineralwasser

Wahnsinn! Sein Geschenk ist wirklich grosszügig. Trotzdem vermute ich, dass er selbst noch nie länger mit dem Rucksack unterwegs war, denn es ist fast unmöglich, eine längere Strecke mit so viel Gepäck zu laufen. Doch hier in der Wohnung können wir all diese Dinge nun gut gebrauchen, vorausgesetzt Daniel erholt sich wieder und kann mitessen.

25 Die Freiheit, neu zu entscheiden

«Ihr müsst euch doch nichts beweisen», sagt unsere Tochter am Telefon. «Es ist doch nicht schlimm, wenn euer Weg nicht lückenlos ist. Ihr seid doch frei. Das Pilgern soll doch Freude machen und kein Krampf sein». Ich bin ihr dankbar für diese Worte. Ich hatte sie angerufen, weil wir eine Entscheidung treffen müssen. Der Küstenweg ist für uns zu kompliziert geworden. Das ist deutlich geworden, spätestens jetzt, wo Daniel krank im Bett liegt. Anna kennt die Situation. Während der Pandemie ist sie den Jakobsweg gegangen und zwar alleine und mit Zelt, da die meisten Herbergen geschlossen hatten. Schon damals hatte sie sich über den Leistungsdruck ihrer Mitpilgerinnen und Mitpilger mokiert, wenn es darum ging, so schnell wie möglich nach Santiago zu kommen. Fast zweitausend Kilometer war sie den Weg gegangen, um dann auf den letzten hundert Kilometern den Zug zu nehmen. Im ersten Moment habe ich das nicht verstanden und hätte mir gewünscht, sie hätte auch die letzten fehlenden Kilometer zu Fuss zu Ende gebracht. Aber dann hat es mich doch beeindruckt, weil es ausschert aus dem Denken von Perfektionismus und Leistung. In ihrer Entscheidung lag Freiheit! Und daran erinnert sie mich auch jetzt wieder.

Auf dem Nordweg weiterlaufen, passt nicht mehr. Abbrechen und nach Hause gehen, fühlen sich ebenfalls falsch an. Eine andere Variante wäre, den Zug zu nehmen und auf den klassischen Jakobsweg, den «Camino Francés» zu wechseln, wo es mehr Unterkünfte hat und darum auch für uns leichter ist. Eine Möglichkeit wäre auch so weit zu fahren, dass es in den uns verbleibenden Tagen noch möglich ist, das Ziel unserer Reise zu erreichen: Santiago de Compostela. Aber das kratzt etwas an meinem Ehrgeiz, weil ich so zuhause nicht erzählen kann, dass ich den ganzen Weg zu Fuss gegangen bin. Aber warum ist mir das plötzlich wichtig? Im Gespräch mit meiner Tochter wird mir klar, dass ich hier ebenfalls dem Leistungsdenken erliege. Wer sich auf den Weg macht, kann durch den Weg auch lernen, dass es nicht um das Äussere geht. Wie andere das einschätzen, braucht meine Entscheidung nicht zu beeinflussen. Es sind weniger die Kilometer, welche den Weg und das Unterwegssein ausmachen, als vielmehr jene inneren

Prozesse, die sich oft unbemerkt und leise in der Seele oder im Innern abspielen. Ich habe mich getraut, meine Komfortzone zu verlassen, um wieder freier zu werden. Ich habe eingewilligt zu reisen, ohne mich im Vorfeld abzusichern wo oder wie wir die Nacht verbringen. Ich kam körperlich an meine Grenzen, als der Weg durchs Baskenland hoch, runter und wiederum hoch ging. Aber jetzt mag ich nicht mehr. Es beginnt mich zu überfordern. Und Anna hat recht, wenn sie mich daran erinnert, dass ich hier in meiner Freizeit nicht zum Krampfen verurteilt bin.

Ein Erlebnis fällt mir ein, als wir an einem Bauernhof vorbeikamen, an dem vor der Hundehütte der Hund ständig im Kreis lief, so als ob eine Kette ihn festhalten würde. Das Erstaunliche daran war, dass da gar keine Kette mehr war. Der Hund war frei. Doch anscheinend war er nach langer Zeit des Angebundenseins gar nicht mehr in der Lage, jetzt seine Freiheit zu nutzen. Als wir das sahen, waren wir beide erschüttert. Ich vermute, dass es bei vielen von uns viel mehr Möglichkeiten gäbe, als wir es uns oft zugestehen. In dieser Hinsicht tun uns

Älteren, die wir vielleicht die Kette gewohnt sind, die Jüngeren gut. Denn sie sehen eher, wenn wir uns an etwas hängen, das gar nicht da ist.

Zwei Nächte verbringen wir mitten in San Vincente de la Barquera in unserem kleinen Appartement. Daniel geht es immer noch nicht besser und er verbringt Stunden im Badezimmer. Wir vermuten, dass er irgendetwas Falsches gegessen oder im Trinkwasser erwischt hat, was seinem Körper jetzt zu schaffen macht. Gut sind wir jetzt hier und nicht irgendwo beim Wildcampen. Morgen Mittag müssen wir auschecken, die Wohnung wird anderweitig vermietet. Eine Alternative bietet der Campingplatz, der nicht weit von der Stadt entfernt ist. Wir überqueren die Flussmündung und gelangen über eine imposante Brücke zu ihm. Ich bin dankbar, dass Daniel zumindest soweit wieder gehen kann. Der Platz ist voll mit Surfern und Touristen. Für kleinere Zelte gibt es etwas abseits direkt an der Bucht eine kleine Wiese. Von dort ist die Aussicht auf die Stadt spektakulär, denn im Hintergrund sieht man die Picos de Europa, das Bergmassiv Kantabriens. Da sitzen wir nun im Abendlicht bei Haferschleimsuppe und Brot und beschliessen, ins Landesinnere auf den Camino Francés zu reisen, sobald Daniel wieder reisefähig ist. Das ist der bekannteste Jakobsweg und dort soll die Pilgerreise weitergehen. Anna hatte es auf den Punkt gebracht: wir müssen uns nichts beweisen. Entscheidungen und Pläne darf man ändern, wenn sie nicht mehr passen. Dazu passend, möchten wir uns auch erleichtern. Unsere Rucksäcke sind einfach zu schwer. Gemeinsam gehen wir am anderen Morgen all unsere Sachen durch und prüfen streng, was davon wir wirklich benötigen. Der Rest kommt in einen Karton und wird nach Hause geschickt. Jedes Gramm zählt. Auch der Badeanzug soll nach Hause, denn wir verlassen jetzt die Küste. Aber er ist noch feucht von seinem letzten Einsatz. So kann er nicht verreisen. Auf dem Weg zur Post schwenke ich ihn darum beim Laufen wie eine Fahne vor mir her und als wir nach 40 Minuten dort ankommen, ist er schön trocken. Gute Reise! Dann geht`s weiter zur Touristen-Info, wo wir uns nach den Zügen erkundigen. Unser neuer Plan nimmt Gestalt an.

26   Nicht mein Zirkus

Am Abend vor der Abreise taucht neben unserem Zelt eine junge Frau mit einem grossen roten Rollkoffer auf. Hinter ihr ein Mann, der vermutlich ihr Freund ist. Die modische Kleidung und auch der Koffer sind etwas ungewöhnlich auf einem Campingplatz. Eigentümlich auch das Zelt, das wohl einfach in den Koffer gestopft wurde und dass die beiden aufbauen möchten. Sie probieren alle möglichen Varianten, aber das Zelt nimmt keine brauchbare Form an. Wir bekommen die Szene mit, weil wir wenige Meter nebendran auf dem Boden sitzen und zu Abend essen. Es gibt Kürbis und Reis, leicht bekömmlich und gut für den strapazierten Magen meines Mannes. Es zeigt sich, dass unsere neuen Nachbarn keine Erfahrung mit Zelten haben und mit dem Aufbau überfordert sind. Sie bitten uns um Hilfe. Daniel probiert es, ebenfalls ohne Erfolg. Sie haben ein Kuppelzelt, das normalerweise mit zwei Gestängebögen aufgerichtet wird, die sich in der Mitte kreuzen. Doch eine der beiden Stangen ist viel kürzer als die andere. Vermutlich ist sie irgendwann einmal abgebrochen. Überhaupt ist das Zelt in einem schlechten Zustand. Keine Ahnung, woher sie es haben. Nach mehreren Versuchen und Varianten schaffen sie es gemeinsam, dass das Zelt so steht, dass man zumindest reinkriechen und darin auch schlafen kann. Der grosse Rollkoffer steht geöffnet da und verrät mir, dass er ausser dem Zelt nicht viel transportiert hat. Besorgt frage ich darum, ob sie denn auch Schlafsäcke und Matten dabeihaben. Aus der Erfahrung weiss ich, dass es in der Nacht inzwischen recht kühl werden kann. Zudem liegt unser Platz direkt am Wasser, so dass nachts überall die Feuchtigkeit reinzieht.

«Natürlich», sagt das Mädchen lachend. Dann holt sie aus dem Innenfach des Koffers noch eine kleine Polyesterdecke heraus, die sie mir triumphierend vor die Nase hält. Nun schlägt der Mutterinstinkt bei mir ganz zu, denn ich befürchte, dass beide eine lange und kalte Nacht verbringen werden.

Dem Alter nach könnte sie meine Tochter sein und so gehen in meinem Kopf mehrere Szenarien ab. Ich male mir aus, wie ihre Eltern vor der Abreise vielleicht noch gesagt haben: «Stell das Zelt erst einmal im Garten auf.

Wir haben es ja länger nicht mehr benutzt und es ist nicht sicher, ob alle Teile noch da sind.» Darauf könnte die Tochter genervt geantwortet haben: «Ach ihr, immer mit euren Bedenken und Ängsten. Das klappt schon und ausserdem bin ich kein kleines Kind mehr.» Und voller Vorfreude auf das Wochenende mit ihrem Freund ist sie anschliessend abgerauscht. Aber das ist nur in meiner Phantasie, ich weiss nicht, was für eine Geschichte es hinter der Geschichte gibt. Aber als sie mit ihrem Deckchen vor mir steht, kriege ich fast die Krise. Fieberhaft überlege ich, wie wir den beiden aushelfen können. Daniel sieht meine Sorge und wirft mir einen warnenden Blick zu, der so viel bedeutet wie: nicht dein Zirkus, nicht deine Affen[7]. Mit anderen Worten: fühl dich nicht für alles verantwortlich. «Die sind alt genug», flüstert er mir auf Deutsch zu. «Sie werden einander wärmen.»

Mich nicht ständig für alles verantwortlich fühlen, das ist mir an dieser Episode wieder einmal deutlich geworden. Natürlich darf uns nicht alles egal sein, braucht es

---

[7] Redewendung aus Polen

Menschen, die Verantwortung übernehmen und einander beistehen. Aber letztlich kann ich niemandem sein Schicksal abnehmen.

Die beiden werden heute Nacht ihre Erfahrungen machen und daraus lernen. Vielleicht auch nicht. Aber es besteht keine Lebensgefahr. Es nützt ihnen nichts, wenn ich sie die ganze Nacht bemitleide. Sie haben mich nicht um Hilfe gebeten und ich habe auch nichts, das ich ihnen als Decke geben könnte.

Als wir früh am Morgen zusammenpacken, um rechtzeitig am Bahnhof zu sein, begegne ich ihr noch einmal und wir winken einander freundlich zu. Sie haben die Nacht überlebt. Das Thema der Verantwortung nehme ich jedoch mit, es wird mich sicher auch weiter beschäftigen. Zwischen etwas tun und etwas lassen liegt ein schmaler Grat, der nicht immer leicht zu sehen ist.

27 Sicherheitskontrolle

Zweimal am Tag fährt der Zug von San Vicente de la Barquera nach Oviedo und er fährt langsam. Es ist wie eine Spazierfahrt durch die Landschaft, vorbei an Küsten, Bergen und durch Wälder. Eine wunderschöne Strecke. Mehrere Male kratzt es am Fenster, weil Sträucher und Büsche nahe an die Gleise gewachsen sind. «Zugpilgern», nenne ich die Fahrt im Stillen und sitze einfach da und schaue durch das Fenster hinaus. Bis Oviedo dauert die Fahrt vier Stunden. Dort wollen wir mit dem Schnellzug nach León und anschliessend noch bis Ponferrada fahren, wo unsere Pilgerreise dann auf dem «Camino Francés» weitergehen wird. So haben wir es geplant und für heute Nacht bereits die Unterkunft reserviert. Pünktlich erreichen wir das erste Zwischenziel, essen zu Mittag und finden sogar einen kleinen Park, wo wir das Zelt auslegen und trocknen. Heute Abend brauchen wir es nicht, da werden wir mal wieder in einem Bett schlafen und nebenbei sogar noch Wäsche waschen können. Daniel ist wieder fit und so stehen wir

jetzt wohlgemut in der Schlange, um zu den Bahnglei-
sen zu gelangen. In 20 Minuten fährt der Zug. Der Bahnhof hier erinnert an einen Flughafen. Vor dem Einstieg
müssen wir durch die Sicherheitskontrollen und wuch-
ten darum die schweren Rucksäcke aufs Band. Ich befürchte, dass ich wegen meinem Taschenmesser in der
Bauchtasche womöglich Ärger bekomme. Und tatsächlich kommen auch zwei Sicherheitsbeamten auf uns zu
und versperren den Weg.

Doch wieder einmal geht es um den Hund. Ob wir eine
Transportkiste dabeihaben? «Haben wir nicht», erklärt
Daniel und fügt geistesgegenwärtig hinzu, «aber wir
können den Hund während der Fahrt in den Rucksack
tun.» Das lassen sie nicht gelten und verlangen, dass wir
Neva in eine grosse, feste Plastikbox sperren. Ohne Box
darf der Hund nicht mit. Als wir nachfragen, wo wir so
ein Ding herbekommen, zucken sie mit den Schultern.

So werden wir aus der Schlange wieder in die Bahnhofs-
vorhalle chauffiert und stehen da, ohne zu wissen wie
wir das Problem jetzt lösen können. In den verbleibenden 10 Minuten werden wir es nicht schaffen, hier in
der Stadt eine teure Transportbox zu kaufen. Und selbst

wenn, was machen wir anschliessend damit? Zum Pilgern können wir sie schlecht mitnehmen. Daniel nimmt die nun unbrauchbaren Tickets und geht damit an den Schalter. Die Beamtin ist sehr hilfsbereit und nimmt sich Zeit, den beiden Ausländern den Sachverhalt zu erklären. Sie schlägt vor, die Karten für den Regionalzug umzutauschen. Dort dürfen Hunde zwar mit Maulkorb, aber ohne Transportkiste mitreisen. Jedoch fährt der nächste Zug erst am späten Abend. Damit ist klar, dass wir unsere Pläne wieder einmal ändern müssen. So schaffen wir es heute nur bis León. Die schöne Ferienwohnung in Ponferrada stornieren wir und damit auch die Waschmaschine, die es dort gegeben hätte. Und so werde ich noch einen weiteren Tag mit verdreckter Wanderhose mich zwischen elegant gekleideten Spanierinnen aufhalten müssen. Noch wichtiger ist nun die Suche nach einem alternativen Nachtquartier in León, wo wir erst kurz vor Mitternacht ankommen werden. Dank Internet finden wir sie. «Hey, jetzt können wir uns dafür León anschauen», meint Daniel tröstend. «Die Stadt soll sehr schön sein.» Tja, man kann eine Sache so oder so sehen.

28   Das Tor in der Landschaft

Ich kann nicht genau sagen, wo wir es gesehen haben, aber das Bild hatte mich beeindruckt. Es war irgendwo auf dem Land. Wir liefen auf eine kleine Strasse an Feldern und Wiesen vorbei und da sah ich es: ein grosses schmiedeeisernes Tor. An und für sich nicht ungewöhnlich, wäre es auf der grossen Wiese nicht ganz alleine gestanden. Da war kein Zaun drumherum, sondern lediglich dieses Tor. Steht man direkt davor, gibt es kein Hindurchkommen. Die Flügel sind hochgebaut und beide verschlossen. Durch die Gitter hindurch sieht man die Landschaft, die dahinter liegt. Doch durch das Tor kann man nicht dorthin gelangen.

Ist es nicht auch im Leben so? Stehen wir nicht oft wie gebannt vor einem Tor und sind enttäuscht, dass der Weg hier endet? Verärgert darüber, dass uns diese Möglichkeit genommen ist? Und dann bleiben wir stehen und fixieren das Tor in der Hoffnung, dass es irgendwann einmal aufgeht und wir hindurch können. Vielleicht beschimpfen wir es auch, weil es doch unser

Recht wäre, da jetzt durchzugehen. Oder wir bemitleiden uns, weil das immer uns passiert. Weil wir immer wieder vor einem Tor stehen, das verschlossen ist. Würden wir aber einfach einen grossen Schritt zurückgehen, könnten wir vermutlich sehen, dass es einen Weg rechts oder links davon gibt.

Dieses Tor ist darum ein Symbol für die Erfahrungen des Pilgerns und letztlich auch des Alltags. Ideen und Hoffnungen gehen zunichte und all die schönen Pläne, die wir schmieden, können abrupt zu Ende sein. Wenn es gelingt, die eigenen Vorstellungen loszulassen und den Blick zu weiten, entdecken wir ganz neue Varianten. Jetzt am Bahnhof in Oviedo kann ich mich über diese Vorschrift ärgern und mich über das Hundeverbot ereifern. Doch das wird das Tor für uns nicht öffnen. Mein Ärger ändert nichts an dieser Vorschrift. Stattdessen kann ich schauen, ob sich vielleicht rechts oder links vom Tor eine Alternative zeigt. Immer entscheide ich mit, wie ich etwas sehe und interpretiere.

29 Unerwünschte Zuhörer

Kurz vor Mitternacht erreicht der Regionalzug den Hauptbahnhof von León. Auf dem nächtlichen Weg zu unserem Hotel staunen wir, wie prächtig diese Stadt ist. Ihr kulturelles Erbe ist gross. Seit vielen Jahrhunderten ist sie eine wichtige Station auf dem klassischen Pilgerweg nach Santiago de Compostela. In unserem einfachen Pilgerhotel werden wir herzlich begrüsst trotz unserer späten Ankunft. Die Freundlichkeit des italienischen Besitzers tut uns jetzt richtig gut. Kaum im Zimmer sinken wir alle drei auf unser Lager. Hinter uns liegt ein langer Tag. Der nächste Regionalzug, der uns nach Ponferrada bringen soll, fährt erst am Mittag. So haben wir am anderen Morgen etwas Zeit, die Kathedrale zu besichtigen, für welche die Stadt bekannt ist. Neva bleibt derweil im Zimmer und darf sich ausruhen. Wir betreten die Santa María de Regla, die uns mit vielen bunten Kirchenfenstern begrüsst. Es wirkt fast magisch. Die besondere Bauweise der Gotik machte es damals möglich, ein hohes Gebäude mit zahlreichen Fenstern zu bauen. Die Absicht der Bauleute, dass der Raum den

Blick der Menschen schon beim Eintreten nach oben zieht und so das Irdische sich mit dem Himmlischen verbindet, erfüllt sich bis heute. Mir gefällt das. Für einen Moment stehen wir einfach nur im Kirchenschiff und lassen den Raum auf uns wirken. Plötzlich steht eine deutsche Reisegruppe neben uns, die mehr oder weniger interessiert den Ausführungen ihres Führers folgt. Der alte Mann ist sehr kompetent und kann spannend erzählen. Daniel und ich sind als Theologen interessiert und hören seinen Erklärungen zu. Als die Gruppe zum Altarraum weiterzieht, ziehen wir einfach mit. Vor einer Seitenkapelle bleiben wir stehen und fasziniert höre ich, dass die Steinstatue darin der «Virgen de la Esperanza» gewidmet ist, der Jungfrau der guten Hoffnung. Es gibt in der Kunstgeschichte nicht viele Objekte, welche die Gottesmutter Maria in ihrer Schwangerschaft zeigt. Der Führer begründet es damit, dass solche Bilder den Kirchenführern suspekt waren: viel zu viel Weiblichkeit. Als Frau in der Kirche, verwundert mich das nicht. Spannend dafür diese Darstellung, welche Maria einfach als Frau mit dickem Bauch zeigt. Der Führer macht uns auf ein Grabmal aufmerksam, das sich in derselben Seiten-kapelle befindet. Es ist ein Bischofsgrab, in das kunstvoll folgende Szene gemeisselt ist: von links kommt eine Gruppe Bauern, welche dem Bischof ihre Waren bringen. Sie tragen Körbe und Fässer, welche sie vor den Bischof abstellen. Dieser greift mit der rechten Hand hinein und reicht dann mit der Linken die Gaben an Bedürftige weiter, darunter auch Pilger, die man gut an ihren Pilgerstöcken erkennen kann. Die Menschen, so erzählt er, hätten schon damals daran erinnert werden müssen, wozu ihre Steuern verwendet werden. Er ergänzt, dass es nachvollziehbar sei, dass sie ihre sauer erwirtschafteten Gaben nicht gerne an irgendwelche Dahergelaufenen abgaben. So diente das Grabmal mit dieser Abbildung dazu, für Barmherzigkeit zu werben.

Eine spannende Geschichte. Vielleicht sollten auch heutige Würdenträger diese Taktik nutzen und auf ihren Grabsteinen an Solidarität mit Flüchtlingen und Obdachlosen erinnern. Ganz im Bann der Erzählung möchten wir der Gruppe weiter folgen. Doch dann werden wir sehr unsanft von der Vergangenheit in die Gegenwart zurückgeholt. Eine Frau aus der Gruppe stellt sich vor uns auf und fragt energisch, was wir für diese Führung zahlen würden? In Gedanken hänge ich immer noch bei dem Grab und seinem Aufruf zur Barmherzigkeit. Darum verstehe ich nicht gleich, was die Frau will. Sie setzt nach und macht uns klar, dass ihre Gruppe diesen Führer engagiert habe und wir bezahlen sollen, wenn wir weiterhin mitlaufen und zuhören. Ich bin verwirrt. «Das ist doch ein öffentlicher Raum», erwidere ich, «wir nehmen doch niemandem etwas weg.» Sie beharrt, dass wir nicht zur zahlenden Gruppe gehören und darum nicht weiter folgen dürften und so gehen wir halt. Der Vorfall beschäftigt mich noch eine ganze Weile. Sicher wäre es anständiger gewesen, wenn wir gefragt hätten. Doch es hatte sich halt einfach so ergeben und es war einfach schön, mal wieder die eigene Sprache zu hören. Sie dagegen fand es frech und wies uns darum in die Grenzen. Denn, wenn das jeder machen würde…?

Die Freude an der Führung ist mir nun vergangen und ich bin ratlos und irritiert. Wir stehen in einem wunderschönen Raum, dessen Ziel es ist, das Herz der Menschen zu öffnen. Aber anstatt innerlich weit zu werden, prallen wir aufeinander und jede von uns wähnt sich dabei im Recht. Eben noch standen wir gemeinsam vor einem Grabmal, das zur Barmherzigkeit mahnt, selbst dann, wenn es sich um dahergelaufene Pilger handelt.

Vermutlich fühlen wir uns beide unverstanden und ganz egal, wer auch immer hier im Recht oder im Unrecht war, dieser Vorfall hat beiden Seiten Energie geraubt.

30 Zu Gast bei Jesús

Wir sind wieder auf Kurs in Richtung Santiago. Es ist unser erster Wandertag auf dem »Camino Francés«. Noch in Ponferrada entsteht die erste Pilgerbekanntschaft: Anne-Marie, eine Seniorin aus Südafrika, an deren Seite ich die ersten Kilometer laufe. Unser Gespräch ist kurz, denn sie ist bereits vor dem Morgengrauen aufgebrochen und jetzt auf der Suche nach einem Frühstück. Dennoch erfahre ich, dass sie gerade mehrere Todesfälle hinter sich hat und die tragischen Ereignisse im Laufen verarbeiten will. Es ist schön, mit ihr zu sprechen. Solche Begegnungen habe ich auf dem Nordweg vermisst. Zwischen dem Küstentourismus mit den Surfern und den unzähligen Wohnmobilen sind Pilgerbegegnungen etwas untergegangen. Es kam mir auch so vor, als ob sich eher die Jüngeren auf den Küstenweg wagen und die sind in ihrem rassigen Tempo immer schnell an mir vorbei gewesen. Nun bin ich gespannt, wie es sich hier entwickelt und hoffe, dass wir nicht in eine Massenwanderung geraten. Begegnungen wie eben mit Anne-Marie schätze ich sehr.

Und dann geschieht noch etwas Erstaunliches: auf dem Feldweg kommt uns ein Auto entgegen. Ein älterer Herr kurbelt das Fenster herunter und reicht uns einen Flyer mit Werbung für eine Herberge. Und darauf entdecken wir ein Wort, das wir so noch nie gehört haben: «Perro peregrino». In dieser Herberge sind «Hundepilger» explizit willkommen. Na das ist ja mal etwas Neues. Das fühlt sich nach all den Ablehnungen nun richtig gut an. Wir merken uns die Adresse und hoffen, dass wir die verbleibenden 20 Kilometer bis Villa franca del Bierzo schaffen. Den Anreiz dazu haben wir.

Am Mittag ist es drückend heiss. Wir flüchten in den Schatten eines Kastanienbaumes und bleiben für eine Stunde wie erschlagen dort liegen. Dann aber schlägt das Wetter um. In der Ferne hört man bereits heftiges Donnern. Eilig packen wir zusammen, rufen vorsichtshalber in der Herberge an, um uns zu vergewissern, dass es noch Platz hat. Der Mann am anderen Ende bejaht und ist besorgt um uns, weil es an der Herberge bereits heftig schüttet. Hier noch nicht und das wollen wir ausnutzen. Sieben Kilometer liegen vor uns. Die schwarzen Wolken, das Donnern und die Aussicht auf ein warmes

Abendessen beflügeln unsere Schritte. Wir haben Glück, das Wetter verzieht sich und wir kommen trocken und behütet in der Herberge an, wo wir alle drei freundlich empfangen werden.

Stolz erzählt man uns, dass es im Ort gerade eine besondere Attraktion gibt, eine Ausstellung über das Thema Gastfreundschaft. Felipe VI, der spanische König, hätte sie höchstpersönlich vor kurzem eröffnet und sie sei einen Besuch wert. Interessant, doch wir haben nicht das Gefühl, eine Ausstellung über Gastfreundschaft sehen zu müssen, denn wir erleben sie live.

Jesús heisst der Herbergsvater. Er ist 84 Jahre alt und ich erkenne in ihm den älteren Herrn, der uns am Vormittag aus dem Auto heraus den Flyer in die Hand gedrückt hatte. Eine Aktion, die er wohl nur selten machen muss, da seine Pilgerherberge meistens gut besucht ist. Das hier ist sein Lebenswerk. Man spürt sein Herzblut und auch das der Freiwilligen, die ihn tatkräftig unterstützen. Dank Neva haben wir heute Abend einen Schlafraum ganz für uns. Wir beziehen die Betten, duschen, laden unsere Handys auf und warten dann auf das Abendessen. Wir tun das, was alle tun, wenn sie in der Herberge angekommen sind. Vor dem Essen nehmen sich alle wie selbstverständlich an den Händen und Jesús bittet um den Segen. Höchstpersönlich serviert er Suppe, Fleischküchle, Spiegelei und Salat. Hier muss niemand hungrig bleiben, auch nicht die junge Frau oben am Tisch, die sich vegan ernährt. Neben mir sitzt eine Mexikanerin, daneben ein Brasilianer und dann kommen drei Radfahrer aus Italien, die sich auf dem Jakobsweg kennengelernt haben und nun gemeinsam unterwegs sind. Gegenüber sitzt ein irisches Pärchen in unserem Alter, mit denen wir uns angeregt unterhalten. Tracy ist in den vergangenen beiden Jahren bereits ein Stück vom Camino gelaufen. Dieses Jahr wird sie ihn zusammen mit ihrem Mann Kevin beenden. Das gemeinsame Laufen sei eine Bewährungsprobe für ihre Ehe, meint sie lachend und wir stimmen ihr zu. Als Daniel erwähnt, dass wir heute unseren Hochzeitstag feiern, stossen wir gemeinsam mit einem Glas Rotwein darauf an. Obwohl wir uns im Grunde fremd sind, ist durch das gemeinsame Erleben vom Pilgern schnell die Verbundenheit da. Würden wir heute in einem noblen Restaurant zu Abend essen, sässen wir alleine an einem Tisch und niemand würde sich an unserem Festtag mit uns freuen.

An der Wand hinter mir hängt eine Weltkarte. Darauf kann jeder Besucher mit einer Stecknadel den Ort markieren, wo sie oder er herkommt. Die Karte ist bereits voller kleiner Löcher. Aus unterschiedlichen Kontinenten und Ländern sitzen hier Menschen, um miteinander zu essen. So wie wir jetzt. Tracy und Kevin interessieren sich für die Schweiz und die Berge, wir fragen nach, wie die Situation in Irland nach dem Brexit sei. Trotz meinem schlechten Englisch wird es eine spannende Unterhaltung. Dann aber überkommt mich die Müdigkeit und ich falle wie ein Stein in eines der Stockbetten. Gegen 6.00 Uhr höre ich, wie die ersten Pilger aufstehen und langsam quäle auch ich mich aus dem Schlafsack. Vom Speisesaal tönt wiederholt laut ein "Ora pro nos" entgegen. Die Sprachmelodie ist mir vertraut. Es ist der Antwortruf «bitte für uns» einer Litanei. Jesús macht Frühstück und betet dabei laut das Morgengebet mit, das auf seinem Handy erschallt. Ich freue mich auf den Kaffee, kann aber auf den Tischen nirgends eine Kanne finden. Der Herbergsvater unterbricht sein Gebet und deutet auf den Wasserkocher. «Instantkaffee», denke ich und suche jetzt die Dose mit dem Pulver. «Ist schon fertig», schaltet er sich wieder ein und drückt auf die Taste des Kochers. Und jetzt verstehe ich die besondere Kaffeezubereitung unseres Gastgebers. Er gibt normales Kaffeepulver in den Wasserkocher und wärmt das Wasser darin jedem aufgestandenen Pilger aufs Neue. So ist der Kaffee zwar immer schön heiss, wird aber bei jedem neuen Aufkochen noch bitterer. Nach einer halben Tasse gebe ich auf, doch die Herzlichkeit des alten Mannes wärmt mich. Jahrzehnte lang hat er jeden Tag aufs Neue Menschen in seiner Herberge willkommen geheissen, ihnen körperlich und seelisch ein Nachtquartier gewährt. Für ihn und all die Freiwilligen, die ihn unterstützen, gibt es keine grosse Bühne. Doch ihre gelebte Gastfreundschaft hinterlässt Spuren bei denen, die bei ihnen einkehren.

31 Be comfortable

„Be comfortable with the uncomfortable» Den Satz hat jemand auf die Leitplanke geschrieben, die sich entlang der Strasse zieht. Ganz wörtlich kann ich ihn nicht übersetzen, ich verstehe ihn als Aufruf, sich auch mit dem Unbequemen zu arrangieren. Anders gesagt, auch das wahrzunehmen, was uns in unangenehmen Momenten unseres Lebens geschenkt wird. Denn selbst da kann dir Schönes entgegenkommen. Auf mühsamer Strecke, mitten im Verkehrslärm jetzt die Erinnerung, in jeder Situation auch das Gute zu sehen. «Danke», denke ich und gehe ermutigt weiter.

Auch an einer Strasse hat das Laufen etwas Schönes. Es leert den Kopf und je länger ich mich dem immer gleichen Rhythmus des Pilgerns überlasse, umso mehr komme ich bei mir an. Mein Tagesprogramm ist vorgegeben: laufen, essen, schlafen. Erstaunlicherweise verschafft mir das eine innere Ruhe. Die Zahl der erreichten Kilometer verliert an Bedeutung. Ich laufe einfach. Mehr nicht. Es beschäftigt mich auch nicht mehr, dass mein Jakobsweg nicht vollständig ist und auch nicht geradlinig verläuft. So ist es halt. Ich könnte keine Zusammenfassung abgeben, was sich innerlich in mir tut. Ob ich beispielsweise meine Arbeit und meine Gemeinde schon hinter mir gelassen habe? Es ist noch zu früh, um irgendeine Wirkung zu beschreiben. Trotzdem spüre ich, dass ich in einer Veränderung bin. Vielleicht ist das wie mit einem Baum, der im Winter sich zurückzieht. Äusserlich ist ihm nicht viel anzusehen. Aber im Frühling schiesst die Kraft plötzlich wieder aus ihm heraus, er entwickelt Blätter, Blüten und Früchte. Ich bin überzeugt, dass es für diesen Kraftakt jene Zeit braucht, in der das Leben nur im Inneren ist.

Inzwischen sind wir in der Unterkunft angekommen und während ich über den Satz an der Leitplanke und meinen inneren Weg nachdenke, sitze ich in einem Hängesessel mitten im wunderschönen Garten der Herberge. Ich schaukle, höre dabei den Fluss rauschen und lausche den Vögeln, die sich in den grossen Bäumen tummeln. Really comfortable!

Der riesige, alte Baum, der meinen Sessel hält, ist in der Mitte gespalten und voller Narben. Neben den gewaltigen Ästen mit grünem Laub trägt er auch eine Menge Altlasten an sich: dürre und leblose Zweige. Auch sein Leben verlief nicht einfach geradeweg. Auf dem Weg nach oben hat sich der Stamm mehrere Male gewunden. Vielleicht steht er auf einer Wasserader. Das Leben hat ihm manch Unangenehmes abverlangt, dennoch steht er hier in seiner Kraft und hält mich. Er hat trotz Unbequemem seinen Weg gefunden.

32 Blinde Passagiere

Es ist 1.00 Uhr in der Nacht. Die junge Frau im Stockbett neben mir sucht mit dem Licht ihres Handys ihr Bett ab. Sie heisst Sara, kommt aus Dänemark und arbeitet als Krankenschwester. Beim Abendessen haben wir uns kennengelernt. Sara hat sich eine Auszeit genommen und ist alleine unterwegs. Sie ist taff. Die Strecke, die Daniel und ich in zwei Etappen eingeteilt haben, hat sie in einem Rutsch gemacht, trotz der vielen Höhenmeter. Ich mag sie gerne. Aber jetzt nervt sie mich, weil ich im Bett nebenan gerne schlafen würde und das Licht ihres Handys immer wieder zu mir herüberfällt.

«Hat sie was verloren?», frage ich mich und kratze mich derweil am linken Knie. Laut fragen mag ich nicht, denn sonst werden die drei übrigen Zimmergenossen auch wach. Für alle ist es eine Herausforderung, mit fremden Menschen im selben Raum zu schlafen. Die ungewohnten Geräusche haben mich jedenfalls lange vom Schlaf abgehalten. Gerade war ich ein wenig weggedöst, da ging bei Sara das Licht an.

Sie sucht die Matratze ab, setzt sich dann aufs Bett und schaut auf das Display ihres Handys. «Schlaf jetzt!», denke ich im Stillen und hoffe, dass ihr Licht endlich ausgeht.

Doch das tut sie nicht. Dagegen packt sie plötzlich ihre Sachen und verlässt das Zimmer. Die ist verrückt, denke ich. Jetzt hat sie gerade eine anstrengende Tour hinter sich und läuft jetzt sogar mitten in der Nacht los. Wieder juckt es am Knie und ich kratze vorsichtig.

Aber Sara ist nicht losgelaufen. Am Morgen steht sie neben meinem Bett und erzählt, dass es Bettwanzen auf ihrer Matratze gab. Darum hat sie fluchtartig das Bett verlassen. Den Rest der Nacht habe sie bei angeschaltetem Licht in der Küche auf dem Esstisch verbracht. So hat sie sich vor nachtaktiven Biestern in Sicherheit gebracht. Bettwanzen sind der Albtraum aller Pilgerinnen und Pilger. Der Albtraum aber auch aller Herbergsleute. Ihr Auftauchen ist schwer zu verhindern, wenn so viele Menschen unterwegs sind und Nacht für Nacht in einem anderen Bett schlafen. Als Sara mir jetzt davon erzählt, taucht ein Verdacht in mir auf. Auch mich juckt es und beim Nachschauen sehe ich die Stiche auf den Beinen und Armen. Ich habe sie auch erwischt. Die Aussicht, dass sie sich bereits im Rucksack und den Kleidern breit gemacht haben, schlägt mir aufs Gemüt. Endlich dürfen wir trotz Hund in Herbergen schlafen und dann hole ich mir dieses Ungeziefer. Verstimmt mache ich mich an Daniels Seite auf den Weg. Kaum sind wir los, beginnt es zu regnen. Halleluja! Der heutige Tag beginnt ja gut!

«Bleib nicht am Negativen kleben», meint Daniel aufmunternd. «Du hast ja gut reden», erwidere ich. «Dich juckt es nicht am ganzen Körper!» Eigenartigerweise hat er nämlich keine Stiche, während sie bei mir auf dem ganzen Körper verteilt sind. Und schnell stelle ich fest, dass es mit Regenponcho und Rucksack gar nicht so einfach ist, sich überall da zu kratzen, wo es juckt. Die Situation ist äusserst unangenehm. Was ich gestern im schönen Hängesessel alles überlegt habe, wird heute «uncomfortably» auf die Probe gestellt.

Den ganzen Vormittag über regnet es. Alles ist nass und das Wasser schwappt aus den Schuhen. Doch unerträglicher ist der Gedanke, dass die Bettwanzen sich gerade von mir gemütlich im Daunenschlafsack herumtragen lassen. Ich stell mir vor, wie sie da im Trocknen faul herumliegen und in Erwartung einer feinen Mahlzeit auf mich warten.

In meiner Phantasie male ich mir nun eine Bettwanzenstation aus, nach dem Prinzip einer Waschstrasse. Man stellt sich einfach vorne hin, packt alles aus dem Rucksack und legt die Sachen wie beim Sicherheitscheck am Flughafen auf ein Band. Dort fährt alles in eine Maschine und wird bettwanzenfrei gemacht. Selbst tritt man durch eine Schleuse und kommt ohne Plagegeister wieder raus. So eine Maschine bräuchte ich jetzt. Sie wäre entlang der Jakobswege eine lukrative Geschäftsidee. Doch leider gibt es sie nur in meiner Vorstellung und so bleibt die Frage: wie werde ich bloss diese Viecher wieder los? Klar ist, dass wir jetzt eine Waschmaschine und einen Trockner brauchen. Meine Idee ist, meinen und vorsichtshalber auch Daniels Schlafsack in einen Trockner zu tun. Denn die Tierchen vertragen die Wärme nicht. Waschen will ich sie nicht, weil ich nicht weiss, ob wir sie tatsächlich bis am Abend dann auch wieder richtig trocken haben. Am frühen Nachmittag werden wir auf dem Campingplatz in der Nähe von Sarria fündig. Endlich hat es auch aufgehört zu regnen und wir stellen das Zelt auf. Und dann geht unsere Waschaktion los. In mehreren Etappen wird alles gewaschen und getrocknet, was man überhaupt waschen kann. Sogar die Hundeleine. Zum Glück hat es neben uns nicht viele andere Campinggäste, so können wir die beiden Maschinen den ganzen Tag benutzen. 35 Euro kostet uns die Aktion. Aber wir wollen nicht riskieren, einen der ungeliebten Passagiere weiterhin mitzutragen. So geht Daniel noch in die Stadt, um in der Apotheke ein Spray zu holen, mit dem wir zusätzlich die Rucksäcke einnebeln. Heiliger Jakobus, bitte für uns! So rufe ich jetzt in Gedanken wie an jenem Morgen der Herbergsvater in Villa franca del Bierzo.

33 Ein Strom aus Pilgern

Am Morgen bin ich zuversichtlich, dass wir es geschafft haben. Zwar jucken die vorhandenen Stiche wie verrückt, aber es sind keine neuen dazu gekommen. Somit folgt ein erstes Dankgebet an Jakobus, den Hüter auch der von Bettwanzen geplagten Pilger. Wir packen freudig zusammen und ziehen los in Richtung Sarria. Von dort sind es nur noch 169 Kilometer bis Santiago. Doch die Stadt ist voller Menschen. Von überall her strömen die Pilger. Sie kommen aus den Hotels und Herbergen, meist nur einen kleinen Tagesrucksack auf der Schulter. Vor den Unterkünften stehen bereits die Kleintransporter, in welche Rucksäcke und Rollkoffer geladen werden. Es ist laut und das fröhliche Geplapper durchdringt den Morgen. Die Wortfetzen, die wir aufschnappen, lassen auf Spanier und Spanierinnen schliessen. Die Schulferien im Land sind zu Ende und es kommt mir vor, als ob ganze Schulklassen hier ihren Ausflug verbringen. Wie im Gänsemarsch laufen wir aus der Stadt hinaus. Als plötzlich vor uns ein paar Jugendliche anhalten, um ein Selfie zu machen, gibt es einen Menschenstau.

Es nervt mich, dass dieser letzte Abschnitt vom Jakobsweg so voll ist. Ich vermisse die Stille. Innerlich beginne ich, die Menschen vor mir zu verurteilen. Was wollen die hier mit ihren Turnschühchen und modischen Tragebeuteln? Warum können die ihr exotisches Gruppenerlebnis nicht woanders machen?

Als ich mich wieder beruhigen kann, nehme ich Einzelne wahr, die irgendwie aus der Masse herausstechen. Ein alter Mann, der vielleicht ein letztes Mal auf diesem Weg ist. Ich sehe, wie er sich nach dem kurzen Aufstieg aus der Stadt zum Luft holen an einer Strassenlaterne festhalten muss. Ich entdecke ein junges Paar mit ihrem Kind im Tragetuch. Vor kurzem erst sind sie Eltern geworden und wagen sich jetzt mit Baby auf den Weg. Eindruck macht mir auch die Asiatin, die wohl ein Problem mit der Hüfte hat; gestützt auf zwei Stöcken schiebt sie im Laufen die Füsse leicht verdreht nach vorne. Auch sie ist hier mit ihrer ganz eigenen Lebensgeschichte. Gerade wird sie überholt von einem Mädchen mit langen Zöpfen. Ich schätze die Kleine höchstens auf acht Jahre. Stolz trägt sie ihren Wanderstock, an dem eine Jakobsmuschel hängt. Irgendetwas hat all diese Menschen auf den Weg gelockt. Auch sie haben die Komfortzone verlassen, um zu laufen. Das ständige Vergleichen und Werten, wer wieviel läuft, wer richtig pilgert und wer falsch, ist kein guter Massstab. Klar hätte ich es heute Morgen lieber ruhiger, aber der Weg gehört nicht mir. Im Grunde hat es auch etwas, dass so viele unterschiedliche Menschen vom selben Ziel angezogen werden. Wieder stockt der Zug. Aus irgendeinem Grund bleiben jetzt alle stehen. Es dauert einen Moment, bis ich erkenne, dass weiter vorne mitten auf dem Weg ein Mann an einem Tisch sitzt. Die Menschen stehen bei ihm an, um sich ihre Pilgerausweise stempeln zu lassen. Was für eine Geschäftsidee! Sich mitten im Wald an einen Tisch zu setzen und zu stempeln. Das kleine Porzellanschweinchen neben ihm, lässt erkennen, dass er hier seinen Arbeitsplatz hat. Er hat hier seine Aufgabe gefunden. Natürlich tragen auch wir unsere Pilgerausweise mit uns. In Kirchen, Unterkünften und Touristenbüros holen auch wir immer mal wieder einen Stempel. So können wir später auch nachschauen, wo wir überall vorbeigekommen sind. In Santiago gelten die Stempel auch als Nachweis für die abgeschlossene Pilgerreise und ermöglichen, die sogenannte Compostela, die Pilgerurkunde zu bekommen. Hier aber wirkt das Ganze doch sehr bizarr, wenn inmitten der Natur Menschen Schlange für einen Stempel stehen. Kopfschüttelnd laufe ich vorbei, bemüht nicht schon wieder zu verurteilen.

34 Hundemüde

Der Tag zieht sich hin. Auf dem Zahnfleisch krieche ich die letzten Meter durch Portomarín bis zum Campingplatz. Der Zeltplatz selbst ist fast leer, doch in den Unterkünften nebenan hat es weitere Gäste. Es ist ein Familienbetrieb, der auch ein kleines Restaurant betreibt, in dem wir fein essen. Ein schöner Abschluss für diesen Tag. Während Daniel die Rechnung begleicht, mache ich mit Neva noch eine kleine Runde und freu mich bereits darauf, die müden Glieder auf der Matte strecken zu können. Aus irgendeinem dämlichen Grund lasse ich den Hund frei, was ich schon bald bitter bereuen werde. Sie hat Witterung aufgenommen und schiesst wie eine Rakete los aus dem Platz hinaus. Nun ist sie weg und ich habe keine Ahnung wohin. Sie ist nirgends zu sehen. Ich renne zum Restaurant, gebe Daniel Bescheid und ziehe los, um sie zu suchen. Und dann entdecke ich sie weit von mir entfernt. Sie steht in einem Garten vor einer Hundehütte und frisst. Wie könnte es auch anders sein? Ihrer feinen Nase bleibt nichts Fressbares verborgen.

«Hoffentlich gibt das kein Ärger», denke ich, «wenn sie dort einem Artgenossen das Futter wegnimmt».

Doch als ich näherkomme, erkenne ich, dass in dieser zerfallenen Hütte schon lange kein Hund mehr lebt. Diese Sorge war unberechtigt. Sie schlingt etwas Undefinierbares in sich hinein, das ziemlich unappetitlich aussieht. Ich packe den Hund am Halsband und ziehe ihn von seiner Eroberung unsanft weg, verärgert über mich selbst und gleichzeitig erleichtert, dass ich die Ausreisserin wiedergefunden habe. Doch das Ereignis hat noch ein Nachspiel, das ernsthaft in mir den Gedanken auslöst, die Reise abzubrechen und kurz vor Santiago nach Hause zu fahren.

Mitten in der Nacht wird Neva unruhig und läuft umher. Da es im Zelt eng ist, weckt uns das, nicht aber unsere Begeisterung. Ich will sie wieder auf ihren Platz verweisen und spüre an meiner Hand plötzlich irgendetwas Schleimiges. Neva hat erbrochen und dabei nicht nur ihre Decke, sondern auch meine Kleider, das Zelt und unsere Kissen erwischt. Ob die Schlafsäcke auch etwas abbekommen haben, kann ich im Dunkeln nicht sehen.

Aber überall riecht es jetzt nach Frittierfett. «Jetzt müssen wir zusammenhalten», sagt Daniel, wohl um sich auch selbst zu ermutigen. Bevor noch weitere Dinge Opfer von Nevas Fressausflug werden, beginnt er mit Klopapier den Zeltboden zu reinigen. Ich packe den Hund und säubere ihn derweil in der Damendusche. Anschliessend binde ich sie an der Wäschehänge an, um in Ruhe arbeiten zu können. Die Waschbecken für die Handwäsche sind am Ende der Sanitäranlagen und für den Tagbetrieb vorgesehen. Es hat nur ein kleines Notlicht, nicht gerade erhellend. Dennoch wasche ich dort das fettige Zeug von der Decke und den Kleidern, was mit kaltem Wasser nicht so einfach ist. Dabei frage ich mich, ob es nicht Zeit wäre, die Pilgerreise jetzt zu beenden. 70 Minuten später liegen wir alle drei wieder im Zelt. Immer noch habe ich den widerlichen Geruch in der Nase. Ich mag den Hund sehr, aber jetzt schwöre ich mir, dass sie nicht mehr von der Leine darf.

35 Are you ready to finish?

Nach dieser Nachtaktion bleibt am Morgen das Problem der nassen Wäsche. Zudem bin ich im Nachhinein nicht sicher, ob mit dieser nächtlichen Waschaktion alles richtig sauber geworden ist. Also braucht es doch eine Waschmaschine und vor allem einen Trockner, damit auch die Jacke und der einzige Pulli wieder trocken werden. Aber dieser Wunsch entwickelt sich zu einer grösseren Aktion. Es braucht mehrere Anläufe und den Tipp einer hilfsbereiten Anwohnerin, bis wir im Ort endlich einen Waschsalon finden. Als alles wieder trocken und verstaut ist, widmen sich Herrchen und Frauchen dem Frühstück, während dem Hund ein Fastentag verordnet wird. So vergeht der Vormittag bis wir uns wieder auf den Weg machen können. Dafür sind wir jetzt azyklisch unterwegs, was uns auf der Strecke Ruhe verschafft. Die anderen Pilgerinnen und Pilger sind längst weitergezogen. Heute gibt es keinen Campingplatz, für die Nacht werden wir uns irgendwo ein Plätzchen suchen müssen. Am späten Nachmittag halten wir an einem kleinen

Gasthof, um etwas zu trinken und nebenbei auch unsere Wasserflaschen zu füllen. Wir sitzen auf der Terrasse und geniessen die letzten Sonnenstrahlen des Tages. Neben uns sitzt ein schottisches Ehepaar, das hier in einem der Gästezimmer übernachten wird. Ich bin müde und daher versucht zu fragen, ob noch ein weiteres Zimmer frei ist. Dann aber erinnere ich mich an den Stress mit den Bettwanzen. Darauf habe ich überhaupt keine Lust mehr, da ist mir das Zelt dann doch lieber. Die Wirtin kommt mit einem Wassernapf für Neva und beginnt mit ihr zu flirten. Der Hund zeigt sich von seiner besten Seite und holt schwanzwedelnd seine Streicheleinheiten ab. So entwickelt sich ein Gespräch und die Wirtin bietet uns an, unser Zelt im Garten aufzustellen. Gratis! Einfach so! Und dann geht sie mit uns ins Haus und zeigt uns im Gästebereich ein freies Badezimmer, wo wir sogar duschen dürfen. Jetzt bin ich echt baff über dieses willkommene Angebot. Natürlich nehmen wir es an und bauen auf. Der Boden ist hart und ziemlich unbequem, dafür ist es ruhig. Durch den geöffneten Eingang kann ich im Liegen die Sterne sehen. Ich fühle mich geborgen und spüre in dieser Nacht grosse Dankbarkeit in mir.

Das Frühstück nehmen wir im Restaurant ein. Wir bedanken uns herzlich für die Gastfreundschaft und ziehen los. Der Morgen ist noch kühl, automatisch laufen wir schneller, um warm zu bleiben. Trotzdem vertiefen wir uns ins Gespräch. Der Austausch mit Daniel ist intensiv. Beide sind wir uns einig, dass wir dieses Mal mit vielen Herausforderungen zu kämpfen hatten und dass eine Pilgerreise ein Lernort für Vertrauen ist. Wir diskutieren, ob wir die tieferen Erkenntnisse gerade den Herausforderungen verdanken und kommen zum Schluss, dass die Perlen des Lebens oft halt im Schlamm verborgen liegen, wo sie darauf warten, entdeckt zu werden.

Neben dem, was für uns schwierig war, gab es in den vergangenen Wochen so manches, das im Inneren etwas in Bewegung brachte. Bei mir war es eine alte Geschichte, die plötzlich Frieden gefunden hat. Ein Erlebnis, wo ich mich übergangen und ungerecht behandelt fühlte und wo der Groll darüber selbst beim Pilgern in mir hochkam. Als ob ich in einem Gerichtssaal eine Anklageschrift verlesen müsste, versammelte ich in meinem Inneren meine Argumente über die empfundene Ungerechtigkeit. Doch auf einmal war ich das ständige Widerkauen leid und hatte keine Lust mehr, weiterhin meine Energie in eine Sache zu stecken, die so viele Jahre her ist. Es erschien mir wie ein zusätzliches Gewicht in meinem Rucksack. Und mit der Entscheidung loszulassen und zu verzeihen, wandelte sich etwas. Ich konnte den Menschen, der mich verletzt hatte, in einem anderen Licht sehen und spannenderweise hat dieses Bild auch mich erhellt und erleichtert. Es kam einfach so und ist nicht besser zu erklären. Ich bin aber überzeugt: es ist eine Frucht meines Pilgerns. Wer beim Laufen weiterkommen möchte, muss ständig loslassen. Das tägliche Erleben, Dörfer und Landschaften zu erreichen, um sie gleich wieder hinter sich zu lassen, hat mich auch im inneren Loslassen unterstützt. Ich entschied, zu vergeben und es war befreiend. Wenn wir alte Geschichten loslassen, tun wir das vor allem für uns selbst. So wird der innere Rucksack leichter und wir können unseren eigenen Weg weiter gehen. Indem Daniel mir beim Laufen aufmerksam zuhörte, konnte ich diese Erfahrung in Worte fassen.

Nach Wochen der Anstrengung und der immer wieder aufkeimenden Frage, wozu wir das eigentlich machen, erahne ich eine erste Antwort. Im Gehen und Erleben verändert sich etwas, auch wenn man das lange gar nicht sieht. Doch irgendwann blitzt es durch und plötzlich stellt man fest, dass etwas anders geworden ist. Zum vierten Mal bin ich unterwegs als Jakobspilgerin. Manche Kilometer bin ich bereits gelaufen und jetzt sind es nur noch 58 bis Santiago. Bald bin ich am Ziel. Was bedeutet es mir, dort anzukommen? Und was ist danach?

Im Augenblick löst die Stadt als Endpunkt der Reise nicht viel in mir aus. Vielleicht ist es anders, wenn ich dort bin. Ich weiss es nicht. Aber ich erwarte nicht viel. Wenn andere Pilger mit strahlenden Augen über Santiago de Compostela sprechen, bin ich innerlich teilnahmslos. Dem Kult um ein Grab, in dem angeblich die sterblichen Überreste eines Apostels liegen, bin ich skeptisch gegenüber. Auch vor der traditionellen Pilgermesse ist mir etwas mulmig. Nach den vielen Jahren, die ich als Frau in der katholischen Kirche gearbeitet habe, ertrage ich die reine Männerliturgie nicht mehr. Auch das riesige Weihrauchfass, von dem mir andere begeistert erzählten, löst wenig Vorfreude in mir aus. Für all das bin ich nicht gelaufen. Vielmehr sind es die vielen Begegnungen, Erlebnisse und Reflexionen, die auch Spuren in mir hinterlassen. So wie eben die Geschichte mit dem Verzeihen. Ich wäre nicht die, die ich jetzt bin, wenn ich mich nicht aufgerafft und mich im Vertrauen geübt hätte. Doch wie will ich die Reise nun abschliessen?

Dass ich nicht alleine mit diesen Gedanken bin, zeigt das Verkehrsschild, an dem wir vorbeikommen. Darauf hat jemand für alle Nachfolgenden die Frage geschrieben, die auch mich beschäftigt: are you ready to finish?

36 Geniesse!

Das kleine Mädchen in der Bar wallt mit grossem Eifer ihren Teig aus. Mitten im Trubel von durchnässten und hungrigen Pilgern sitzt sie neben dem Tresen, versunken in ihre Arbeit.

Seit dem frühen Morgen regnet es ohne Unterlass. In der Bar suchen die Pilger Schutz. Überall hängen die tropfenden Regenponchos. Wir haben uns ebenfalls hineingezwängt, um zu essen und einen Moment dem Regen zu entkommen. Und so entdecke ich das Mädchen.

Ihre Eltern arbeiten, brühen Kaffee auf und richten Sandwiches, auf die eine Schlange aufgeweichter Pilger schon ungeduldig wartet. Doch all das scheint das Mädchen nicht zu kümmern. Sie hat den vielen Menschen den Rücken zugedreht und bearbeitet mit ihren kleinen Händen den Teig, aus dem vielleicht mal ein Brot werden wird. Ich kann den Blick nicht von ihr lassen, weil sie in all der Hektik so eine Ruhe ausstrahlt.

Ich dagegen stehe hier und bin genervt. Mir sind das einfach zu viele Menschen, die heute wieder in Richtung

Santiago unterwegs sind. Mich einfach ins Laufen zu vertiefen, so wie das Mädchen in seinen Teig, fällt mir schwer.

Ich verziehe mich aufs WC, froh dass ich einen Moment alleine sein kann. Und dort entdecke ich erneut eine Botschaft, die eine Pilgerin an die Nachfolgenden weitergeben wollte. Auf dem Zettel neben dem Spiegel steht: "la vida como el Camino son etapas e disfrútalas". Das Leben wie der Weg besteht aus Etappen. Geniesse sie.

Wieder fühle ich mich angesprochen und auch ertappt in dieser Aufforderung, das Leben jetzt zu geniessen. Spätestens wenn der Regen bis zur Unterwäsche durchdringt, ist das mit dem Genuss halt so eine Sache. Aber jeder weiss, dass man weder beim Pilgern noch im Leben nur Sonnentage hat. Mich über den Regen oder die vielen Leute zu empören, nützt nichts. Es regnet trotzdem und auch die Menschenmenge wird deswegen nicht weniger. Wieder kommt mir das Mädchen in den Sinn, wie es ihr gelingt, in all der Betriebsamkeit genussvoll den Teig zu kneten. Ich schlucke dreimal, dann rüttelt es an der Tür und ich gehe hinaus und lächle im Vorbeigehen den beiden Frauen zu, die nach mir aufs WC möchten.

37   Auf der Zielgeraden

Der nasse Tag findet ein schönes Ende. Wir schlafen in einem beheizten Zimmer und können uns aufwärmen. Es gibt in der Herberge Waschmaschine, Trockner und sogar einen Fön, mit dem ich die nassen Schuhe zumindest antrocknen kann. Der Herbergsvater ist äusserst freundlich und hilfsbereit. Nicht mit einer Wimper zuckt er, als wir mit verschmutzten Schuhen, nassem Hund und tropfenden Regencapes sein frisch geputztes Haus betreten. Wieder einmal bin ich beeindruckt von gelebter Gastfreundschaft. Während es draussen weiter regnet, liegen wir bereits frisch geduscht auf dem Bett und rings um uns herum trocknen die nassen Sachen. Nicht einmal zum Essen müssen wir raus, denn zur Herberge gehört eine kleine Küche, in der wir uns selbst verköstigen können. Das ist echtes Pilgerglück!

Am anderen Tag geht es weiter, dieses Mal ohne Plan, wo wir abends bleiben können. Trotz der Unterstützung unseres Gastgebers konnten wir für diese Etappe keine Unterkunft finden. So kurz vor den Toren Santiagos werden wir nochmals eingeladen, im Vertrauen zu bleiben. Es klappt. Nur wenige Meter vom offiziellen Weg entfernt, fragen wir zwei ältere Damen, die uns erst einmal mit misstrauischen Blicken begutachten. Dann aber führen sie uns durch ein Tor in einen riesengrossen Garten, der von einer alten Steinmauer umsäumt ist. Darin ein verfallenes Haus und eine kleine Plantage von Kiwibäumen. Die Früchte sind leider noch unreif. Man hört hier bereits den Lärm der Flugzeuge, denn es sind nur noch wenige Kilometer bis zum Flughafen Santiago. Aber der Platz ist gut und wir freuen uns, noch einmal in unserem schönen Zelt zu schlafen. Das Einzige, was mich beunruhigt, ist die Bemerkung der beiden Frauen, dass es nicht der eigene Garten, sondern der des Nachbarn sei. Aber der, so versichern sie uns, hätte sicher nichts dagegen. So sitzen wir in der wärmenden Abendsonne und hoffen, dass sich der Nachbar wirklich nicht durch uns gestört fühlt. Und so ist es dann auch.

Im Zelt liegen wir lange wach. Morgen um diese Zeit sind wir in Santiago de Compostela. Der Gedanke daran packt mich am Ehrgeiz. Zu gerne möchte ich wissen, wie viele Kilometer ich gelaufen bin. Mir zuliebe nimmt Daniel das Handy hervor und wir beginnen zu rechnen: «Von Passeia nach Cóbreces sind es 297 Kilometer», rechnet er. «Da fehlen noch acht, denn wir kamen in Hendaye an und waren noch in Hondarribia», sage ich. «Ja dann musst du aber auch die Strecke abziehen, wo wir das Taxi genommen haben», erwidert er. Und so geht es zwischen uns hin und her. Am Ende kommen wir auf 509 Kilometer. Zusammen mit den beiden vergangenen Jahren bringt Daniel es auf rund tausend und ich auf stolze 1312 Kilometer. Für Neva, die bei mir war, als ich alleine unterwegs war, sind es sicher über 2000, denn der Hund ist ständig hin und hergesprungen. Wow! Jetzt spüre ich den Stolz in mir, denn für eine – sagen wir mal - bedächtige Läuferin wie ich es bin, kommt da doch etwas zusammen.

«Weisst du noch, die vielen Treppenstufen am ersten Tag?», fragt Daniel auf einmal. «Oh ja, an diesen Morgen erinnere ich mich gut», antworte ich. «Das war so anstrengend. Ich bin da hochgekeucht und wurde ständig von anderen überholt.» Und noch weitere Erleb-

nisse und Bilder kommen uns in den Sinn. Der Campingplatz, bei dem nachts das Frauen-WC abgeschlossen
wurde oder jener, wo die jungen Surfer und Surferinnen
bis in den frühen Morgen laut gefeiert haben. Das war
nervig. Schön dagegen der Moment, wo eine junge Familie ihr Grillgut mit uns teilte. Plötzlich lagen auf unserem Teller zwei warme, frisch gegrillte Hamburger!
«Oh Gott, die Herberge mit den Bettwanzen», stöhne
ich. «Das war ein richtiges B'n'B», meint er und führt
dann aus, «ein sogenanntes Bettwanzen Büdele». Jetzt
können wir beide darüber lachen. Unsere Reise steht
kurz vor ihrem Abschluss und es tut gut, sich zu erinnern.

Die Nacht ist unangenehm feucht und kalt. Ich decke
den Hund mit meiner Jacke zu. Neva bleibt still liegen.
Trotz des Felles ist sie dankbar um die Wärme. Von der
Decke tropft das Kondenswasser. Kein Wunder, denn
der Garten grenzt an einem Fluss. Diese Nacht macht
den Abschied vom Zelt etwas leichter. Am Morgen sind
die Kleider klamm und trotz der vielen Pilger bin ich
froh, wieder unterwegs zu sein. Alle sind bester Laune,
denn bald ist es geschafft. Vielleicht ist «geschafft»

nicht ganz der richtige Ausdruck für etwas, das man selbst so gewählt und gewollt hat. Es geht ja nicht darum, einfach nur die Kilometer hinter sich zu bringen, sondern jeden Moment bewusst wahrzunehmen. Ich nehme mir fest vor, heute ganz in der Gegenwart zu sein.

Langsam nähern wir uns der Stadt. Im Pilgertrupp ist es ruhiger geworden. Viele gehen schweigend und wirken nachdenklich. Das erste Santiago-Schild taucht auf und verursacht Stau, weil viele hier ein Foto machen. Es fühlt sich komisch an, jetzt hier zu sein. Und was bedeutet schon das Wort «ankommen»? Schliesslich sind wir jeden Tag irgendwo angekommen! Warum soll es heute also so besonders sein?

Wir kommen an einem Restaurant vorbei und ich schlage vor, noch Halt zu machen und etwas zu essen. Ein guter Vorschlag, denn das Essen schmeckt vorzüglich. Nebenbei können wir auf dem Fussballplatz gegenüber das Zelt trocknen, das von der Nacht noch klatschnass ist. Später beim Einpacken bleibe ich einen Moment stehen und schaue einer Mutter und ihrem kleinen Sohn zu, wie sie beide begeistert den Ball aufs Tor schiessen. Ihre Spielfreude gefällt mir.

Dann ist es soweit: wir vollenden die letzten Kilometer bis zur Kathedrale. Immer wieder entdecke ich in der Menge jemanden, dem wir irgendwo schon einmal begegnet sind. Auch wenn wir nie miteinander gesprochen haben, erkenne ich sie an einem Detail. Die ältere Dame, beispielsweise, in ihrer blau-weissen Pluderhose oder der Koreaner mit seinen bunten Bändchen am Wanderstock und die Gruppe Jugendlicher, die alle immer ein Fussballtrikot tragen. Auch die vier Mädels sind da, die am Dienstag in Sarria mit ihren Selfies den ganzen Pilgerzug ins Stocken brachten. Und die fünf bärtigen Männer, bei denen es immer laut zuging. Als wir kurz vor der Kathedrale an ihnen vorbeikommen, applaudieren sie uns jubelnd. Anhand des Wanderwagens und des Hundes haben auch sie uns erkannt. Ihr spontaner Applaus berührt mich. Es ist wie eine Würdigung.

Obwohl ich auf diesen letzten Kilometern lieber mit weniger Menschen unterwegs gewesen wäre, jetzt spüre ich die Verbundenheit unter uns und geniesse sie. Es ist schön in einer fremden Stadt «Bekannte» zu treffen. Beinahe überschwänglich begrüssen uns auch die beiden jungen Frauen aus Australien. Dabei sind wir uns nur einmal beim Mittagessen kurz begegnet. Sie sitzen in einer Bar, wo sie wohl schon kräftig auf ihre Ankunft angestossen haben. Als sie uns erkennen springen sie auf und umarmen uns herzlich. Und auch Manfred ist hier, dem wir auf dem Nordweg begegnet sind. Vor fünf Monaten ist er in der Türkei gestartet und jeden Tag über 35 Kilometer gelaufen. Wir haben uns frühmorgens an einem Kiosk getroffen, bei dem es einen Kaffeeautomaten gab. Er war mir aufgefallen, weil er wie selbstverständlich eine Flasche Rotwein in die Trinkflasche gefüllt und anschliessend im Rucksack verstaut hatte. Wäre er mir an einem anderen Ort begegnet, hätte ich ihn in seiner ungepflegten Erscheinung für einen Obdachlosen gehalten.

Nun erzählt er, dass er Priester sei und heute Abend in der Pilgermesse konzelebrieren wird. Morgen früh will er bereits mit dem Bus wieder nach Deutschland zurück.

«Du warst fünf Monate unterwegs und bleibst nur einen Tag in Santiago?», frage ich kopfschüttelnd. Er nickt und antwortet, dass er einfach wieder nach Hause will. Tatsächlich sehen wir ihn dann am Abend wieder. Um in die Kathedrale zu gelangen, mussten wir lange anstehen. Zwischen zahlreichen Touristen und Pilgern sitzen wir nun an einer Steinsäule. «Nimm es jetzt einfach mit dem Herzen auf», flüstert Daniel mir zu und das tue ich dann auch. So viele unterschiedliche Menschen sind hier versammelt. Wie ich sehnen auch sie sich nach dem Grösseren, nach etwas das dem Leben Halt und Sinn gibt. Das zählt, auch wenn hier sehr traditionell gefeiert wird und ich mich damit schwertue. Als am Ende zu feierlichen Musikklängen noch der Botafumeiro, der riesige Weihrauchkessel, geschwungen wird, bin ich doch berührt und froh hier zu sein. Ich reihe mich ein in die Schar jener Frauen und Männer, die über Jahrhunderte hinweg hier sassen, froh darüber endlich am Ziel angekommen zu sein. Wenn man die hygienischen Zustände berücksichtigt, wird es den Weihrauch damals wirklich gebraucht haben. Er machte den strengen Geruch der Pilger erträglicher.

Nach dem Gottesdienst stellen wir uns an, um in der Krypta das Grab des Apostels zu besuchen. Wieder tauchen Zweifel in mir auf. Was soll das? Wessen Überreste sind da tatsächlich? Wie kann es sein, dass man fast 800 Jahre nach seinem Tod sein Grab findet und die Gebeine eindeutig ihm zuordnen kann? Die Authentizität erscheint mir unwahrscheinlich. Aber wie wichtig ist das jetzt wirklich? Ist nicht letztlich alles mit allem verbunden und die Knochen nur ein äusseres Zeichen für etwas Tieferes? Zählt nicht mehr, was all die vielen Pilger an Dank und Bitte an diesem Grab abgelegt haben? Dass Menschen hier ihr Herz öffneten und etwas fanden, dass ihnen Kraft gab? Und letztlich - ob echt oder unecht - waren es auch diese Knochen, die meinem Pilgern ein Ziel und eine Richtung gaben.

Menschen lieben Legenden und gut erzählte Geschichten. Auch heute noch. Oft tragen diese auch Wahres in sich. Die Botschaft Jesu, dass Gott den Menschen nahe ist, hat Jakobus zu Lebzeiten weitergetragen. Wer sich beim Pilgern auf ihn beruft, beruft sich auf einen liebenden Gott, der versprochen hat, alle unsere Wege mitzugehen.[8] Nun sind wir an der Reihe. Wir bücken uns, laufen durch den engen Gang am Sarkophag vorbei. Einen kurzen Moment dürfen wir stehen bleiben, bevor wir weitergeschickt werden. Ich spüre keine religiöse Ergriffenheit, bin aber dankbar, dass der Heilige diesem Weg eine spirituelle Bedeutung gibt.

---

[8] Bibel. Matthäus 28, 20.

38 Freundliche Gesichter

Über die ganze Kathedrale verteilt finden sich die Darstellungen des heiligen Jakobus. Und immer lächelt er freundlich. Darauf macht uns die Führerin aufmerksam. Von der deutschen Pilgerseelsorge sind wir zu diesem Rundgang eingeladen und erhalten dadurch einen tieferen Zugang zur Kathedrale. «Santiago», erzählt die Führerin, «heisst alle Ankommenden willkommen und erinnert mit seinem Lächeln, dass sie von Gott geliebt sind.» Die Frau macht ihre Sache richtig gut und gerne folgen wir ihr nun zu einem grossen Brunnen. Sie erzählt, dass früher sich die Pilger hier nach ihrer Ankunft gewaschen haben. Dann deutet sie nach oben und zeigt uns auf dem Dach das sogenannte Lumpenkreuz, vor dem die alten, abgetragenen Kleider verbrannt wurden. So wurde verhindert, dass all das mitgeschleppte Ungeziefer sich in der Stadt verbreitete. «Wegen all den B'n'Bs», raunen Daniel und ich uns zu. Denn sicher gab es damals jede Menge sogenannter Bettwanzen-Buden. Die Führerin macht weiter: «Die Pilger mussten ihre alten Kleider ablegen und wurden neu eingekleidet.

Schauen Sie, im Kloster dort drüben wohnte die Bruderschaft, die dafür verantwortlich war. Oben auf dem Dach erkennen Sie eine grosse Statue, einen Mann auf einem Pferd, der mit seinem Schwert gerade einen Mantel zerteilt. Das ist der heilige Martin, der einem Bettler die Hälfte seines Mantels schenkt. Die Legende erzählt, dass er nachts dann einen Traum hat, in dem Christus erscheint und ihm dankt, weil alles, was man einem anderen Menschen tut, man letztlich für ihn getan hat.» [9]

Jetzt verstehe ich, dass die Figuren nicht einfach zufällig herumstehen, sondern wirklich kommunizieren und sich mitteilen. In diesem Fall spricht das eindrucksvolles Reiterabbild auf dem Kloster San Martín Pinario über die Barmherzigkeit.

Wir folgen der Führerin um die Kathedrale und hier deutet sie auf die grosse Uhr an einem der Türme: eine Uhr, die nur die Stunden, nicht aber die Minuten anzeigt.

«Auch das ist eine Botschaft», erklärt sie weiter. «Die Zeit ist dir geschenkt. Gehe sorgsam mit ihr um; nutze sie, aber lass dich nicht von ihr knechten.»

---

[9] Vgl. Bibel, Matthäus 25,40.

Diese Botschaft ist bleibend aktuell. Gross ist die Versuchung, sich selbst auf dem Pilgerweg hetzen zu lassen von der Anzahl der verfügbaren Tage und den geplanten Kilometern. Die fehlenden Minutenzeiger rufen auf, dass es um mehr geht, als möglichst schnell anzukommen. Das Ziel gibt die Richtung vor, doch das Eigentliche geschieht unterwegs.

Ich bin dankbar für die Impulse dieses Rundgangs. Sie helfen mir, zu diesem Ort eine Beziehung aufzubauen. An der Sakristei vorbei, nimmt die Führerin uns noch mit in den Kreuzgang. Während wir uns dort um den alten Taufbrunnen versammeln, erteilt sie uns den Pilgersegen. Und so wird mir klar, dass die offizielle Pilgerreise zu Ende ist, aber der Weg, nämlich mein eigener Lebensweg weitergehen wird. Dankbar verlasse ich die Kathedrale. Gemeinsam schlendern wir noch durch die abendliche Stadt. Im Arkadengang des Rathauses spielt eine Gruppe spanischer Musiker und löst bei den Zuhörenden Begeisterung aus. Auch uns bringt die folkloristische peppige Musik ins Schwingen. Ein wunderbarer Abschluss für ein Ziel, das im Grunde ein weiterer Anfang ist.

39 Vom Ende der Welt nach Hause

Lange, sehr lange haben wir diskutiert, wie wir wieder nach Hause kommen. Denn spätestens seit jenem Bahnhofserlebnis in Oviedo ist klar, dass Zugfahren mit Hund in Spanien schwierig ist. Daniel kommt auf die Idee, am Flughafen von Santiago ein Auto zu mieten und es in São Sebastião wieder abzugeben. Von dort ist es nicht weit bis ins französische Hendaye, wo der TGV uns wieder schnell in Richtung Schweiz bringt. Ich bin begeistert, vor allem, weil das Auto uns einen Schlenker an den Atlantik nach Kap Finisterre ermöglicht, wo ich unbedingt noch hinwill. Zu Fuss wären es drei weitere Tagesetappen gewesen, wozu uns die Zeit leider nicht mehr reicht. Mit dem Auto ist es sicher nicht dasselbe, aber nun wird mir eine Möglichkeit geschenkt dort überhaupt hinzukommen. Und so steige ich voll Vorfreude in den Wagen und lasse mich bis ans Ende der Welt chauffieren. Für die Menschen des Altertums endete nämlich dort die Welt. Die in den Atlantik ragende Landspitze galt schon den Kelten und Römern als mystischer Ort. Wir parken im Ort und laufen die letzten 3,5 km bis ans

Kap zu Fuss. Hinter dem Leuchtturm suchen wir ein ruhiges Plätzchen. Wir setzen uns hin und schauen still auf den Atlantik. Ein kleines Schiff fährt vorbei und erinnert mich an das Bild, mit dem ich vor einigen Wochen meine Arbeit beendet und in unbekanntes Gewässer aufgebrochen bin. Auch mein Schiff hat den Hafen verlassen und tuckert vor sich hin. Nun hoffe ich, dass mir der Wind um die Nase weht und mich auf einen guten Kurs bringt. Ich bin dankbar für diese Reise, in der mich das Vertrauen gefunden hat. Daniel und ich verbrennen hier keine Kleider oder Gegenstände, wie es früher getan wurde. Dennoch zieht es auch uns an diesem Ort zu einem Ritual. Wir suchen Wurzeln, Blüten und kleine Steinchen mit denen wir unseren Abschied und Neubeginn symbolisch begehen. «Am Ende der Welt» geschieht für uns Abschied und Neubeginn in Einem.

Auf dem Rückweg sehen wir einen weisshaarigen Mann mit langem Bart. Er rennt einem kleinen Hündchen hinterher. «Schau mal», sagt Daniel lachend, «Gott Vater fängt seinen Hund.» Der Mann sieht wirklich speziell aus und erinnert daran, wie man sich früher Gottvater vorgestellt hatte. Als wir in seiner Nähe sind, winkt er uns energisch zu sich. Aber es ist keine Gottesbegegnung, sondern nur der Wunsch etwas zu verkaufen. «Pedro el camino» nennt er sich und verkauft selbstgemalte Postkarten. Zahlen dürfen wir, was wir wollen, solange der Betrag nicht unter 15 Cent liegt. Ein grösserer Betrag wäre ihm gerade echt, denn eben hat ein Hund sein Abendessen geklaut und den ganzen Schinken verspeist. Somit müssen wir den Titel des Bildes ändern. Neu heisst es: Gott Vater verjagt einen gefrässigen Hund. Vorsichtshalber nehme ich schon mal Neva ein Stück näher zu mir. Denn auch sie teilt ja das Laster der Gefrässigkeit. Wir kaufen zwei Karten und Pedro erzählt uns dafür seine Geschichte. Vor über 12 Jahren hat er sich auf den Camino Francés gemacht und ist bis Finisterre gekommen. Dort ist er hängen geblieben. Den Heimweg hat er nicht wiedergefunden. Was auch immer sich noch weiter hinter seiner Geschichte versteckt, auf mich wirkt er etwas verloren. Sein Schiff ist lange schon unterwegs. Vielleicht wäre es für ihn an der Zeit, jetzt wieder einmal einen Hafen aufzusuchen.

40 Das Gute direkt vor der Nase

Ohne Absicht befolge ich eine alte Pilgertradition, nach der man irgendetwas von der Pilgerreise in Finisterre zurücklässt. Eine Ode geht zu Ende, denn ich vergesse meinen hochgelobten Pilgerstock auf dem dortigen Campingplatz. Als ich den schmerzlichen Verlust bemerke, ist es zu spät, um umzukehren.

Tock tock tock
Er blieb zurück, der arme Stock!

Viele Kilometer liegen bereits hinter uns. Wir fahren entlang der Nordküste und sind eben an San Vicente de la Barquera vorbei, wo Daniel sich vor drei Wochen krankheitshalber erholen musste. Wegen der damaligen Umstände haben wir eine der schönsten Städte Kantabriens verpasst: Comillas. Das holen wir jetzt nach und besuchen El Capricho, das berühmte Bauwerk des katalanischen Architekten Antoni Gaudí. Der Nachmittag vergeht wie im Flug und es wird Zeit, ein Nachtquartier zu suchen. Dank Auto ist unser Radius jetzt grösser und schnell finden wir per Internet ein Zimmer, das uns mitsamt Hund aufnimmt. Erst als Daniel das Navi programmiert sehe ich, dass das Hotel in Cóbreces liegt. «Cóbreces, ausgerechnet Cóbreces», sage ich. Da will ich gar nicht mehr hin. Das war jener Ort, wo wir vergeblich auf einen Platz in der Klosterherberge gehofft hatten und am Ende das Zelt bei der Kirche aufbauten. Die Nacht war schrecklich gewesen. Die Schweinwerfer, die durchs Zelt strahlten und die vielen Autos, die nur wenige Zentimeter entfernt an unserem Zelt vorbeifuhren. Nein, Cóbreces ist mir in schlechter Erinnerung. Nicht einmal der Bus hatte uns anderntags mitgenommen. «Wir schauen uns das Hotel einfach mal an», sagt Daniel. «Wenn es uns nicht gefällt, dann fahren wir weiter».

Mit dem Auto ist es eine kurze Strecke und bald sehen wir schon die Kirche, an der wir damals vergeblich den Schlaf suchten. Nicht alles dort war schrecklich, das muss ich zugeben. Denn da war ja auch jener Hauswart, der uns eine ganze Tasche voller Lebensmittel vors Zelt gestellt hatte. Trotzdem will ich jetzt schnell an dieser

Kirche vorbei. Doch Daniel bremst ab, weil das Navi behauptet, dass wir am Ziel sind. «Unmöglich», sage ich, «da ist kein Hotel». Das grosse Gebäude auf der anderen Strassenseite sieht wirklich nicht nach einem Hotel aus. Eher nach einer Pilgerherberge mit riesigen Schlafsälen, in der wir mit unserem Vierbeiner eh nicht aufgenommen werden. Daniel stellt das Auto dennoch ab und wir gehen rüber, vorsichtshalber erst einmal ohne Hund. Die Tür geht auf, innen sitzt auf einem Barhocker ein Mann, der uns freundlich begrüsst. Wir sind tatsächlich richtig. Er gibt uns den Schlüssel und wir betreten ein grosses, wunderschönes Zimmer mit eigenem Bad, das schönste unserer ganzen Reise. Ich kann es nicht glauben. Vor etwa drei Wochen lagen wir notdürftig nur ca. 50 Meter von diesem Hotel entfernt, ohne auch nur im Geringsten zu ahnen, dass genau nebenan eine Unterkunft ist, die uns aufgenommen hätte. Nun erinnere ich mich sogar, dass Daniel beim Vorbeigehen sogar vorgeschlagen hatte, hier noch zu fragen. Aber ich war mir total sicher gewesen, dass wir mit dem Hund keine Chance haben. Manchmal liegt das Gute direkt vor der Nase und man greift nicht zu, weil man im eigenen Film gefangen ist. Es ist verrückt, dass wir ein zweites Mal ausgerechnet in Cóbreces gelandet sind. Das Städtchen will uns wohl zeigen, dass es mehr zu bieten hat als nur ein kleines Stück Wiese hinter der Kirche. Wenn wir damals nicht vorbeigelaufen wären, hätten wir unsere Route vermutlich nicht geändert. Dann wären wir aber auch nicht gemeinsam in Santiago angekommen. So gesehen macht alles auch Sinn.

Bevor wir am anderen Morgen weiterfahren, erhält der Ort seine zweite Chance. Wir machen einen langen Spaziergang mit Blick auf die eindrucksvolle Küstenlandschaft. Es tut gut zu laufen und wir geniessen den Blick auf das Meer. Morgen um diese Zeit sitzen wir im Zug auf dem Weg nach Paris, wo wir auf dem Weg nach Hause umsteigen werden. So sehr ich das Unterwegssein liebe, jetzt freue ich mich auf mein Bett und auf den Luxus, jeden Tag ein eigenes Bad zu haben, in dem ich nach Lust und Laune duschen kann. Das Pilgern füllt mein Herz mit Dankbarkeit. Weder die kleinen noch die grossen Dinge in unserem Leben sind selbstverständlich. Nicht einmal das Leben selbst.

Unsere Route:

Fotogalerie:

DANKE an

- Daniel (Wandergenosse, Zeltaufbauer, Outdoor-koch, Freund, Lebensgefährte, Spanischüberset-zer, Kartenleser)

- Karin (Illustratorin, Zuhörerin, Ermutigerin)

- Doro (Lektorin, Kommasetzerin, Korrekturlese-rin, Pilgerfreundin)

Weitere Veröffentlichungen von

Christina Burger:

Vertrauen kann man lernen: Geschichten vom Jakobs-weg. BoD – Books on Demand, 2022.
ISBN 978-3756885336

Die Autorin nimmt Sie in 15 Vertrauensgeschichten mit auf den ersten Teil ihres Jakobsweges. Und dieser geht von Fribourg bis ins französische Le Puy und von dort weiter nach Brasilien.

Über die Autorin

Christina Burger ist 1966 in Freiburg im Breisgau geboren. Sie lebt seit vielen Jahren im Aargau (CH) und arbeitet dort als Theologin und Seelsorgerin. Sie ist Ehefrau und Mutter dreier erwachsener Kinder, Hundehalterin und Hühnerfreundin. Sie sammelt Clownnasen und hat ein Samuraischwert[10], mit dem sie sich täglich in Entschlossenheit und Klarheit übt.

---

[10] Mehr darüber unter: www.schwertweg.ch